chaela

Vampirya - Rain & Aidan

W0342996

CHAELA

Vampirya

Rain & Aidan

© Alle Rechte vorbehalten.

chaela
c/o Publz oHG & Co. KG
Bozzarisstr. 33, 81545 München
chaela@chaela.de

Umschlaggestaltung: chaela.de
unter Verwendung eines Motivs von
AboutLife/Shutterstock.com
Illustrationen: JB Design
Lektorat: Simona Turini
Korrektorat: Brigitte Vogel

ISBN 978-3-96443-247-6

Bestellung und Vertrieb:
Nova MD GmbH, Vachendorf

Herstellung:
SOWA Sp. z o.o., Raszyńska 13, 05-500 Piaseczno ul

Mehr zu Vampirya unter www.vampirya.de
Facebook: www.facebook.com/chaela.de
Instagram: instagram.com/chaela.autorin

»Wir haben alle unsere Zeitmaschinen, nicht wahr?
Die, die uns zurückbringen, sind Erinnerungen und die,
die uns vorwärtsbringen, sind Träume.«
H. G. Wells, Die Zeitmaschine

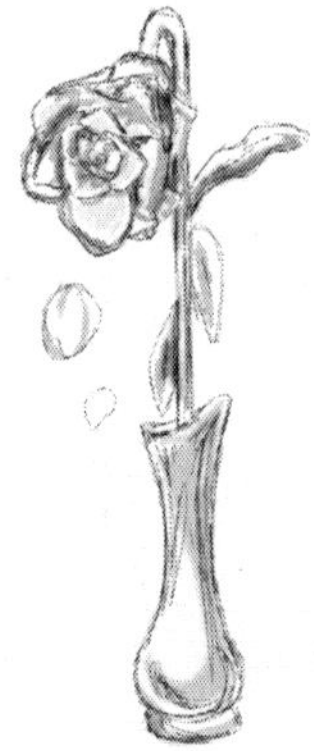

Ein ungebetener Gast

Draußen sprangen gerade die Deckenlichter an – eines nach dem anderen. Sie hüllten den Bahnhof in künstliches, kaltes Licht. Zumindest hatte man mir erzählt, dass es das war. Das Licht der Sonne, das natürliche, warme Licht, hatte ich nie gesehen. Ich war schon an Orten gewesen, an denen es anders war. Ob dieses Licht allerdings echter war, vermochte ich nicht zu sagen. Vielleicht war es nur ein anderes Falsch. Der Hersteller pries es damit an, dass es dem Sonnenlicht am nächsten kam, daher wollten es alle haben. Als Betreiberin eines Ladens im Bahnhof hatte ich bereits einen Brief auf meinem Schreibtisch, in dem stand, dass auch hier bald die neuen Lichter installiert werden würden, bisher war das aber noch nicht geschehen.

Ein Lieferwagen schwebte lautlos heran und hielt vor meiner kleinen Bäckerei. Er war komplett weiß. Auf beiden Seiten prangte die Zeichnung eines halben Brotlaibs, aus dessen weicher, cremeweißer Mitte ein Tropfen roten, saftigen Blutes quoll. Sie war identisch mit dem Logo, das auch an der Frontseite der Bäckerei und auf allen Tüten und Bechern abgebildet war, die ich meinen Kunden mitgab. Eigentlich fand ich den Namen ›Blutbrötchen‹ albern, aber es war ein Franchiseunternehmen, daher blieb mir keine Wahl. Anders waren die Blutpreise nicht bezahlbar.

Als Großhändler bekam man Mengenrabatt und als Teil einer Kette profitierte ich vom großen Ganzen.

»Drei Paletten, wie immer«, ließ mich der Lieferant mit monotoner Stimme wissen, kramte sein Datapad hervor und hakte etwas darauf ab. Auf seinem weißen Overall war ebenfalls das halbe Brot abgebildet. Ich nickte und er half mir, die Paletten in mein kleines Lager zu bringen. Unter seinem leicht gelangweilten Blick zählte ich den Bestand nach. Drei Viertel Brot, ein Viertel Süßigkeiten. Genug für den heutigen Tag. Was übrig blieb, konnte ich sowieso nicht mehr verkaufen, denn die Auflagen waren streng.

Nachdem ich ihn hinausgeleitet hatte und meine Lieferung genauer begutachten wollte, fiel mein Blick auf die zweite Person im Lager. »Musst du nicht zur Uni?«, fragte ich entnervt.

»Ja, gleich. Nur noch zwei Level«, antwortete er. Er, das war mein bester Freund Luca. Er hatte kurzes, dunkelblondes Haar, das wild von seinem Kopf abstand. Er saß auf dem einzigen Stuhl hier im Lager und spielte seit 20 Minuten mit seinem Datapad herum.

»Luc, du weißt, ich mag das nicht«, erinnerte ich ihn, woraufhin er den Blick vom Bildschirm nahm und mich verschmitzt ansah.

»Aber Teufelchen, schätzt du meine Gesellschaft etwa nicht?«

»Nicht wenn sie daraus besteht, nur auf diesen Bildschirm zu starren«, gab ich zurück und nahm ihm sein Pad weg.

»Hey«, protestierte er, nun leicht gereizt. »Gib es wieder her, da ist meine Hausarbeit drauf!«

Ich hob es hoch über meinen Kopf, doch weil er so viel größer war als ich, musste er nur aufstehen und danach greifen. Ohne weiteren Widerstand zu leisten, ließ ich es los und er steckte es missmutig in seinen Rucksack, der ansonsten leer war. »Du solltest mal ein bisschen aus dir heraus kommen«, murmelte er.

»Was?«, fragte ich.

»Ach nichts«, winkte er ab und zog den Reißverschluss zu. »Ich muss los.«

»Warte.« Ich ging zu der Palette, die mir am

nächsten stand, riss die Schutzfolie auf und hob die erste Kiste vom Stapel, um sie nach nebenan in den Verkaufsraum zu tragen und zwei Teiglinge herauszunehmen. Ich öffnete die Kühlbox, griff nach einer großen schwarzen Flasche und setzte sie in eine Maschine auf meiner Arbeitsplatte ein. Den vorgebackenen Teigling legte ich in eine dafür vorgesehene Öffnung. Nun musste ich nur noch einen Knopf drücken und heraus kam ein perfekt geformtes, frischduftendes Brötchen, auf dessen glatter Kruste das Blutbrötchen-Logo eingebrannt war. Fest darin versiegelt befand sich frisches, warmes Blut. Mit dem Zweiten tat ich dasselbe, dann packte ich beide in eine Tüte und drückte sie meinem besten Freund in die Hand.

»Du weißt schon, dass ich langsam Geld für die Werbung verlangen sollte«, scherzte er.

Ich musste unweigerlich lächeln, schob ihn aber dann zur Tür hinaus. »Schönen Tag, Luc.«

»Ciao, Teufelchen.«

Ich sah ihm noch nach, wie er zum Lagertor

hinaus und am Schaufenster vorbei ging. Dann band ich kopfschüttelnd mein langes, blondes Haar zu einem Zopf und machte mich daran, einen Teil der Ware hinter die Theke zu räumen.

Noch während ich damit beschäftigt war, entdeckte ich durch die Glasscheibe meine erste Kundin. Kaum dass ich meinen Laden durch ein Tippen auf meinem Pad in den Status ›geöffnet‹ versetzt hatte, trat sie ein. An ihrer Hand ging ihr kleiner Sohn.

»Guten Morgen, Sarah«, begrüßte ich sie.

»Guten Morgen, Liebes.« Ihre schmalen, kirschroten Lippen formten sich zu einem Lächeln.

»Heute Morgen wieder zehn Frühstücksbrötchen und ein Laib Brot?«

»Ja, wie immer, Liebes«, antwortete sie, während ihr Sprössling die kleinen Finger gegen die Scheibe meiner Theke klatschte. Innerlich verdrehte ich die Augen. Immerhin war es mir ein kleiner Trost, dass reinrassige Vampirkinder im Gegensatz zu Mischlingen keine schwitzigen Finger haben konnten und nicht dazu neigten zu sabbern. Selbstverständlich ließ ich mir nichts anmerken und legte ihr die Ware lächelnd auf die Theke.

»Bitteschön. Darf es sonst noch etwas sein?«

»Nein danke, Liebes. Ich wünsche noch einen schönen Tag.« Mit diesen Worten nahm sie die Ware in die eine Hand und mit der anderen ihren Sohn bei den perfekten Händchen und drehte sich zum Gehen um. In dem Moment, in dem sie durch die Tür ging, bezahlte sie automatisch.

Mein nächster Kunde war einer der wenigen, die nicht sofort nach ihrem Einkauf bei mir in einen Zug oder ein Hovercar einstiegen. Mr. Johnson, seines Zeichens Anwalt, nahm stets an einem kleinen Tisch in der linken Ecke Platz, direkt neben der einzigen Pflanze in meinem Laden. Ich wusste, dass er immer Kaffee mit mindestens 30 Prozent Blutzusatz trank, daher kam ich schon mit der dampfenden Tasse zu ihm, kaum dass er sich hingesetzt, seine Krawatte zurechtgerückt und eine Serviette auf seinen Anzug gelegt hatte.

»Bitteschön, Ihr Kaffee. Was kann ich Ihnen heute Morgen sonst noch bringen?«

Er sah durch sein leeres Brillengestell zu mir empor. »Ich nehme ein 20er-Croissant.«

»Gerne.« Ich ging zurück hinter meine Theke. Während ich sein Croissant befüllte, sah ich im Augenwinkel, wie er, über sein Datapad gebeugt, den Kopf schüttelte.

»Kaum zu glauben«, empörte er sich, als ich den Teller vor ihm abstellte. »Die Blutpreise sollen schon wieder um zehn Prozent angehoben werden.«

Ich nickte verständnisvoll. »Ja, das ist ärgerlich.«

»Bald kann ich mir wohl nicht mal mehr Ihren Kaffee leisten.«

Ich wusste, dass er damit nicht auf die Qualität meiner Lebensmittel anspielte, sondern auf deren vergleichsweise günstigen Preise, also nickte ich einfach weiter. Mit Kunden zu diskutieren hatte ich mir noch nie angemaßt.

Noch während er weiter scrollte, betrat eine

ganze Traube Kunden mein Geschäft. Ich überließ Mr. Johnson sich selbst und nahm die nächste Bestellung auf. Brötchen hier, Kaffee dort, hier mal etwas Herzhaftes, dort etwas Süßes. 20, 40, 60 Prozent. Die Wünsche meiner Kunden und ihre Vorlieben für menschliches Blut waren sehr unterschiedlich.

»Einen schönen Tag«, wünschte ich einer Kundin mit hochgestecktem, blondem Haar. Sie nickte mir freundlich zu und stolzierte in Richtung Ausgang, durch den gerade ein kleines Mädchen eintrat. Die blonde Dame rümpfte bei seinem Anblick die Nase und verließ kopfschüttelnd das Geschäft.

»Guten Morgen, Jas«, begrüßte ich das Kind.

Sie strahlte zu mir hoch und offenbarte dabei eine lückenhafte Reihe Milchzähnchen. »Hallo, Rain«, sagte sie, während ich hinter der Theke hervortrat, mich auf Augenhöhe vor sie kniete und ihr ein warmes, blutfreies Brötchen reichte. »Bitteschön, Süße.«

»Danke.« Sie biss direkt hinein.

»Wie geht es deinem Daddy?«

»Ganz okay«, antwortete sie etwas verhalten.

Daraus schloss ich, dass ihr Vater wieder eine dieser Phasen hatte, in denen er aus Angst vor der Welt das eigene Haus nicht verließ. Er wurde dafür, dass seine Frau ein Mensch war, mindestens so schief angeschaut, wie seine Tochter für ihre bloße Existenz. Ich fand es traurig. Noch trauriger fand ich jedoch, dass Jasmins Mutter den Behörden zum Opfer gefallen war. Er hatte sie nicht retten können und war depressiv geworden. Umso mehr erstaunte mich die Lebensfreude, die die Kleine an den Tag legte. Vielleicht tat sie das, um der Bitterkeit in ihrem Leben zu entfliehen. Ich wusste es nicht und fragte auch nie danach.

* * *

Zu der Zeit, die für uns Mittag war, verließ ich meinen kleinen Laden und schloss ihn hinter mir mit meinem Datapad zu. Wie die Sonne stand und ob es gerade tatsächlich Mittag war, spielte für uns keine Rolle. Wir hatten uns die Zeit so festgelegt, wie wir sie brauchten.

Langsam ging ich durch den Bahnhof. Der klinisch weiße, glänzende Boden war so makellos wie die Personen, die auf ihm liefen. Unweit von mir schwebte ein weißer Zug lautlos über ihn hinweg – ohne dass ihn jemand lenkte. Unser Zutun war in vielen Bereichen überflüssig geworden, wodurch sich unsere Arbeitszeit in bescheidenen Grenzen hielt. Niemand arbeitete länger als fünf Stunden täglich, dennoch ging es allen gut. Das war unser Privileg am oberen Ende der Nahrungskette.

Es war auch das meiner Freundin Maggie, besaß sie doch hier im Bahnhof ein kleines Café. Ich besuchte sie fast jeden Mittag in unserer Pause. Obwohl wir einander gewissermaßen Konkurrenz machten, verstanden wir uns prächtig. Ich erinnerte mich nicht mehr daran, wie wir

Freunde geworden waren, wohl aber daran, wie sie und ihr Vater mir in meinen Anfangszeiten unter die Arme gegriffen hatten. Im Gegensatz zu mir besaß Maggie nämlich noch eine Vergangenheit.

»Hey, Rain«, begrüßte sie mich, als ich ihr Geschäft betrat, und fiel mir um den Hals. Ihr feuerrotes Haar trug sie heute zu zwei Zöpfen gebunden. »Schau mal!«, sagte sie dann mit überschwänglicher Euphorie in ihrer hohen Stimme und deutete auf etwas auf dem Tresen. Es war eine gelbe Blume, die ausgetrocknet und sehr mitgenommen aussah.

»Die ist echt! Fass mal an!«, forderte sie mich auf.

Ich strich vorsichtig über die kleinen dunkelgrünen Blätter. Tatsächlich fühlte sie sich nicht im Entferntesten wie die Kunstblumen an, die unsere Wohnungen sonst schmückten. Dabei hatte ich bisher immer angenommen, unsere Kopien seien originalgetreu.

»Riecht sie nicht wundervoll?« Maggie hielt sie sich demonstrativ an die Nase und reichte sie dann wieder mir. Ich roch kaum noch etwas. Dennoch ließ mich der schwache Duft zumindest erahnen, wie sie gerochen haben mochte, als sie noch blühte und im Sonnenlicht baden konnte.

»So toll«, sagte Maggie, stellte die Blume in eine Vase und dann auf ein Regal hinter dem Tresen, direkt neben einer Handvoll alter Bücher, die sie dort wohl mehr zu Dekozwecken platziert hatte.

»Schade, dass sie bald nur noch ein welker Haufen sein wird.«

Maggie sah mich an, als hätte ich ihr gerade den ganzen Tag vermiest.

»Was denn? Ohne Licht gehen die doch ein. Oder warum haben wir sonst nur künstliche Blumen mit künstlichen Duftstoffen?«

Meine Freundin seufzte, dann machte sie sich daran, mir meinen Latte macchiato so zuzubereiten, wie ich ihn mochte: mit viel Milchschaum, etwas Zucker und nur wenig Blut.

»Schon was Neues von deinem Dad gehört?«, fragte ich sie, als ich mich auf den Barhocker ihr gegenüber setzte. Sie verschränkte die Arme auf dem Tresen und schüttelte den Kopf. Im Hintergrund gluckerte der Kaffee in die warme Milch.

»Gar nichts?«

»Gar nichts«, antwortete sie.

»Hm ...«

Ihr Vater war oft längere Zeit unterwegs, um nach dem Verbleib ihrer Mutter zu forschen. Daher rührte auch ihr großes Interesse für menschliche Überbleibsel. Ihr Dad hortete solche Relikte nahezu und sog jede Information wie ein Schwamm auf. Aber so lang wie jetzt war er noch nie an einem Stück fort gewesen.

»Er wird bestimmt bald wieder auftauchen«, versuchte ich, meine Freundin aufzumuntern.

»Bestimmt«, sagte sie, wirkte jedoch ausnahmsweise wenig überzeugt von ihren eigenen Worten.

»Wo hast du die Blume denn her?« Wenn Aufmuntern nicht ging, war Ablenkung angesagt.

»Hat mir jemand über ein paar Ecken verkauft.« Nachdem sie mir das Glas hingestellt hatte, begann sie die Kaffeemaschine abzuwischen. »Vielleicht ist er ja dieses Mal wirklich nach oben gegangen«, mutmaßte sie dann.

Beinahe hätte ich meinen Kaffee wieder ausgespuckt. »Dein Ernst?«

Sie zuckte mit den Achseln. »Ich weiß nicht. Möglich wär's doch. Immerhin sucht er Mum hier schon seit Jahren vergeblich, und wenn sie offensichtlich kein Vampir ist, vielleicht ist sie ja noch ein Mensch?«

Ich schüttelte den Kopf. »Nein, er kommt bestimmt bald wieder. Ist doch viel zu gefährlich. Er würde doch nie riskieren, dass ihm etwas passiert und er dich alleinlassen muss.«

Sie sah noch immer traurig aus. »Wahrscheinlich hast du Recht.«

»Hast du schon davon gehört, dass die Blutpreise wieder steigen sollen?«, versuchte ich ein weiteres Mal das Thema zu wechseln.

»Kein Wunder!«, tönte sie empört, dann zog sie ihr Datapad hervor, tippte eilig darauf herum und schob es mir zu. »Lies mal!«

Auf dem Display war ein Artikel des ›Human Protection Program‹:

»Zahlreiche Videos, die wir oben aufnehmen konnten, belegen eindeutig, mit welch kruden Methoden die Menschen zur Abgabe ihres Blutes gezwungen werden. Manche sterben gar bei der Blutabnahme. Wir müssen weiter nach energetischen Blutersatzstoffen forschen, um dieses Leid zu beenden!«

»Furchtbare Sache, dieses Humanodrom«, sagte Maggie und schüttelte ungläubig den Kopf.

»Humanodrom?«, fragte ich.

»Eine Einrichtung, in der Menschen gegen ihren Willen festgehalten und versklavt werden. Einmal habe ich sogar gelesen, dass sie sie dort *züchten*, weil sie sonst die Nachfrage nach Blut nicht stillen können.«

»Das hört sich wirklich schrecklich an.«

»Ja, deswegen habe ich heute die Preise noch mal angezogen.«

Ich sah vom Display zu ihr, wie sie auf die Preistabelle an der Wand zeigte. Gestern hatte der Kaffee noch etwas mehr als die Hälfte gekostet.

»Ich weiß, dass du das nicht machen kannst, Rain«, antwortete sie, wahrscheinlich aus Angst, ich würde ein schlechtes Gewissen bekommen, wenn ich an meine Billigpreise dachte.

»Nein, alles gut.« Ich hob beschwichtigend die Hände.

* * *

Als ich wenig später meinen Heimweg antrat, dachte ich noch immer darüber nach, was Maggie gesagt hatte. War es möglich, dass ihr Vater wirklich nach oben gegangen war? Ich wusste natürlich, dass es dieses Oben gab und auch, dass dort die letzten Menschen lebten, aber für unsereins war es, zumindest als normaler Bürger, fast unmöglich dorthin zu gelangen. Erstens waren alle öffentlichen Zugänge verschlossen worden, nachdem unsere Welt fertiggestellt worden war, und zweitens würde das Licht uns, sofern man es doch irgendwie dorthin schaffen sollte, sofort verbrennen. Oder etwa nicht?

Nachdenklich sah ich mich um. Maggie und ich konnten doch nicht die Einzigen sein, die sich abgesehen vom HPP Gedanken darüber machten, was außerhalb unserer Welt so vor sich ging.

Ich sah abwesend zu einem spazierenden Pärchen, als mir auffiel, dass alle Leute hier im Bahnhof verstohlene Blicke auf einen bestimmten Punkt warfen. Vier Wachposten standen im Kreis zusammen. Alle hatten ihre Datapads zur Hand und schienen irgendetwas nachzulesen. Es war natürlich nicht das erste Mal, dass ich einen Wachposten sah, im Bahnhof war es normal, dass man gelegentlich einen oder zwei herumlaufen sah. Doch vier, die die Köpfe zusammensteckten, waren dann doch eher die Ausnahme.

Auch andere Ladenbesitzer wagten verstohlene Blicke aus ihren Schaufenstern. Doch so richtig nervös schien niemand. Die meisten gingen wohl davon aus, dass das Wachpersonal schon alles im Griff hatte und sie nicht betroffen waren. Die ›Security Guards‹ waren schließlich für unser aller Wohl da.

Kurz darauf stand ich schon wieder vor meiner Bäckerei. Als ich mein Tor jedoch wie gewohnt öffnen wollte, musste ich feststellen, dass das eigentlich rote Schlosssymbol auf meinem Bildschirm noch immer grün war. Hatte ich etwa versehentlich zweimal drauf getippt oder war womöglich mein Datapad defekt?

Mit einem mulmigen Gefühl trat ich nach kurzem Zögern ein, ließ jedoch das Tor hinter mir offen, damit ich im Fall der Fälle nicht meinen eigenen Fluchtweg versperrte. Mir kam wieder das Wachpersonal in den Sinn. Wen immer sie suchten, hatte er oder sie vielleicht meine Tür aufgebrochen? Aber das konnte doch nicht sein;

es gab keinen Grund, jemanden zu bestehlen, wir lebten im Überfluss.

Ich schaltete, nun recht nervös, das Licht ein. Zunächst fiel mir nichts Ungewöhnliches auf. Dann jedoch stieg mir ein seltsamer Geruch in die Nase. Eine Mischung aus Altbekanntem und Neuem erfasste meine Sinne und ließ noch mehr Unbehagen in mir aufkeimen. Dennoch ging ich weiter – nur um nach ein paar Schritten schließlich wie angewurzelt stehen zu bleiben: Hinter einer großen Palette sah ich eine Person kauern.

»Wer ist da?«, rief ich.

Dieser Jemand brauchte keine zweite Aufforderung und kam nun etwas zögerlich, jedoch noch immer gebückt, hervor. Es war ein junger Mann. Im ersten Moment wollte ich ihn einfach rausschmeißen, doch dann musterte ich ihn genauer. Noch nie hatte ich jemanden mit einem so dunklen Hautton gesehen. Auch waren seine Augen von viel kräftigerer Farbe, als ich es gewohnt war. Und dann dieser Geruch, den er ausströmte.

Vielleicht roch er einfach von Natur aus so, vielleicht lag es an der kleinen Wunde an seiner Stirn.

Binnen weniger Sekunden schaltete ich: Das hier war kein Vampir, nicht mal ein Halber.

»D- D- Du«, stammelte ich, dann stolperte ich zurück und schloss das Tor hinter mir.

Den Gedanken nach draußen zu gehen und das Wachpersonal zu rufen, das ich kurz zuvor noch dort hatte stehen sehen und wie ich es Sekunden zuvor noch vorgehabt hatte, verwarf ich rasch. Nachdem ich das Tor geschlossen wusste und mich vergewissert hatte, dass draußen niemand war, beruhigte ich mich langsam wieder und atmete einmal tief durch.

Okay, in meinem Lager saß ein waschechter Mensch. Ich hatte noch nie einen in natura gesehen und tat gerade garantiert das Falsche, doch war ich entweder zu neugierig oder zu gutherzig ihn zu verpfeifen –oder zu dumm. Vielleicht auch von allem etwas.

Die ganze Zeit über hockte er stumm hinter der

Palette und starrte mich an. Er wirkte nicht gerade verängstigt, eher neugierig.

»Okay«, begann ich leise und ging auf ihn zu, woraufhin er nun doch etwas zurückwich, wenn auch nur wenige Zentimeter. »Was machst du hier?«

»Mich verstecken?«, antwortete er, als wäre meine Frage absolut überflüssig gewesen. Es war das erste Mal, dass ich die Stimme eines Menschen hörte. Um ehrlich zu sein, erkannte ich kaum einen Unterschied. Sie war etwas tiefer, aber das konnte auch daran liegen, dass er nun mal ein Kerl war.

Ich spürte den Drang, mir mit der Handfläche an die Stirn zu fassen. Jetzt erst fiel mir auf, dass er in seiner Hand ein angebissenes Croissant hielt. Ich erinnerte mich an Maggies HPP-Artikel. In mir kam ein Anflug von Mitleid auf, das ich aber rasch zu unterdrücken versuchte. »Wie kommst du hier rein?«

»Durch die Tür?«, kam die Antwort ebenso unverschämt wie die zuvor.

Ich antwortete nicht und registrierte stumm, dass sich meine Vermutung, dass ich schlicht mein Tor zu verschließen versäumt hatte, als korrekt erwies.

Durch mein Schweigen schien er sich genötigt zu sehen mich zu besänftigen.

»Bitte, ich will keinen Ärger.« Er hatte ganz offensichtlich doch Angst, auch wenn er sie zu verbergen versuchte. Klar wollte er keinen Ärger. Ich auch nicht. Und doch steckten wir da nun beide drin und zwar bis zum Hals.

»Glaub' mir, den haben wir schon längst.«

Differenzen

Am darauffolgenden Morgen schreckte ich mit einem mulmigen Gefühl im Bauch hoch. Hatte ich das alles nur geträumt? Oder hatte ich gestern tatsächlich einen waschechten Menschen sprichwörtlich bei Wasser und Brot in meinem Lager eingesperrt?

Doch die Erinnerung kam so schnell zurück, wie ich mich aufgesetzt hatte.

Ja, ich hatte entgegen besseren Wissens eine der größten Straftaten unserer neuen Welt begangen.

Statt die Behörden zu verständigen, hatte ich die schwere Stahltür meiner Speisekammer aufgezogen und er war ohne Widerrede hineingegangen, hatte sich auf den kalten, cremefarbenen Boden gesetzt und mir sogar noch ein freches »Gute Nacht!« zugerufen, als ich ihn darin einschloss.

Plötzlich hörte ich etwas vibrieren und schnell wurde mir klar, dass der Lieferant klingelte. Binnen weniger Sekunden war ich auf den Beinen und eilte ins Erdgeschoss, um meine Lieferung entgegenzunehmen.

Wie jeden Morgen starrte er auf sein Pad, hakte etwas ab und verzog dabei nicht eine Sekunde seine kleinen, dicken Lippen. Ich musste mich dazu zwingen nicht andauernd zur Speisekammer zu sehen.

Als er seine hellen Augen auf mich richtete, nickte ich eilig. »Das passt so. Danke.«

Er nickte zurück und verließ mein Lager.

Ich musste unwillkürlich erleichtert seufzen.

Dann drehte ich mich um, um die Paletten zu

kontrollieren. Mir wurde bewusst, dass ich heute zum ersten Mal sogar noch die Lieferung vom Vortag hier hatte und sich nun fast die doppelte Menge stapelte, was mich ein zweites Mal seufzen ließ. Okay, das war wohl noch das kleinste Übel. Ich beschloss, meine Brötchen erst mal hinten anzustellen, und näherte mich stattdessen der Metalltür.

Als ich die Tür zu dem fensterlosen und dementsprechend stockfinsteren Raum öffnete, den ich zur aromaschützenden Aufbewahrung meiner Kaffeesorten und diverser anderer, weniger schnell verderblichen Lebensmittel nutzte, lag der gute Herr auf dem Boden und schlief allem Anschein nach noch.

Ich räusperte mich, um ihn aufzuwecken. Nachdem mein erstes, leises Räuspern jedoch keine Wirkung zeigte, folgte ein weiteres, lauteres, woraufhin er endlich aus dem Schlaf schreckte und sich hektisch umsah, ehe sein Blick auf mir haftete.

»Oh, guten ...«, er überlegte, »... Morgen?«, kam es dann fragend.

»Morgen«, antwortete ich etwas angesäuert und mit verschränkten Armen im Türrahmen stehend.

Ich musterte die Palette neben ihm. Gut ein Drittel des Inhalts hatte er verputzt. Links von ihm lagen zudem zwei leere Wasserflaschen.

»Ich hoffe, du hast einen gesunden Appetit. Deinetwegen konnte ich meine gestrige Lieferung nicht mehr verkaufen.«

»Klaro«, kam es wie aus der Pistole geschossen. »Gibt's das auch zum Mitnehmen?«, scherzte er dann.

Nach Scherzen war mir aber gerade nicht zumute. »Ich bitte darum. Je früher du verschwindest, umso besser.«

Er hob kurz die Augenbrauen, doch noch ehe er antworten konnte, hörte ich, wie eine mir bekannte, männliche Stimme meinen Kosenamen rief.

»Teufelchen?!«

Luca.

»Keinen Mucks«, warnte ich den Menschen und schloss ihn wieder ein. Eigentlich hatte ich mir vorgenommen, so weit wie möglich von der Tür wegzukommen, aber ich hatte mich gerade erst umgedreht und war drei Schritte gegangen, da kam mir mein bester Freund schon entgegen.

»Da bist du ja«, begrüßte er mich mit einer Umarmung.

»Ja, da bin ich.«

Er löste sich von mir und musterte mich argwöhnisch – oder kam es mir nur so vor? Spielte mir mein Gewissen einen Streich?

»Heute keine Spielereien?«, versuchte ich, ihn abzulenken.

»Darf ich das als Erlaubnis verstehen?«, neckte er mich.

»Nein«, antwortete ich trocken. »Komm.«

Ich nahm seine Hand und zog ihn hinter mir her Richtung Theke, wo ich ihn auf einen meiner

Barhocker setzte. »Was macht dein Studium?«

Mit diesen Worten begann ich eilig, ein paar Brötchen für ihn zu füllen, und ignorierte dabei, dass es welche vom Vortag waren. Mein verzweifelter Versuch, ihn in ein Gespräch zu verwickeln, scheiterte, noch bevor er richtig begann, denn Luca sah mich mit einem Blick an, der sich schwer deuten ließ. Ahnte er etwas?

Ich beschloss, alles auf eine Karte zu setzen, und fragte ihn freiheraus: »Was ist?«

»Ich kann mich nicht erinnern, wann du mich zuletzt nach meinem Studium gefragt hast. Sagtest du nicht, du hieltest es für überflüssig?«

Ich stopfte das Brötchen in die Tüte. »Ja, aber nur weil du es nicht nötig hast.«

»Vitamin B, hm?«

»Vitamin B, wie Brötchen«, stimmte ich zu und reichte ihm sein Frühstück.

Er nahm es mit einem Lächeln entgegen. »Wir sollten das öfter machen. Ist angenehm, mal wichtiger zu sein als deine Arbeit.«

»Och Luc, du weißt doch, das ›Blutbrötchen‹ ist alles, was ich habe.«

»Nicht ganz«, ließ er mich wissen, gab mir ein flüchtiges Küsschen auf die Wange und verließ dann mein Geschäft.

Okay, Küsschen hatte er noch nie verteilt. Dennoch blieb mir nicht wirklich Zeit, mir weitere Gedanken darüber zu machen. Stattdessen musste ich erneut seufzen.

Zum zweiten Mal an diesem Morgen öffnete ich die Lagertür. Drinnen saß der ungebetene Gast auf dem Boden und aß ein Brötchen nach dem anderen.

»Wer war das?«, fragte er mit vollem Mund.

»Geht dich das was an?«, antwortete ich lustlos.

Es erstaunte mich, dass er so normal mit mir sprach. In den Medien hörte man immer von ängstlichen Menschen, die uns als überlegene Jäger sahen, die sie binnen Sekunden töten konnten. Dieser junge Mann hier schien sich aber nicht im Geringsten vor mir zu fürchten. Lag das an mir oder doch eher an ihm?

»Schon gut, schon gut.« Er hob beschwichtigend die Hände und nahm sich dann das nächste Brötchen.

Jetzt erst fiel mir auf, dass er über die rechte Hand einen ledernen Handschuh gezogen hatte, über die Linke jedoch nicht. Trug man das dort oben so? Oder konnte er sich nur einen Handschuh leisten?

Wie auch immer es sein mochte, wichtiger war nun, ihn so schnell wie möglich wieder loszuwerden. Ich wusste zwar nicht, welche Strafen man für das Verstecken eines Menschen bekam, weil ich mich nie damit beschäftigt hatte, aber harmlos waren sie gewiss nicht.

»Wenn du endlich satt bist, wäre ich dir dankbar, wenn du meinen Laden verlassen würdest.«

Als hätte ich ihn geschlagen, erstarrte er mit vollem Mund, dann schüttelte er den Kopf. Das Blut an seiner Stirn war inzwischen festgetrocknet. »Das geht nicht«, protestierte er. »Wenn ich da raus gehe, ist das mein Todesurteil.«

»Und wenn du hierbleibst, ist es vielleicht meins!«, gab ich zurück.

Er schluckte runter. »Es muss ja niemand davon erfahren. Ich verspreche, dass ich gehen werde, wenn sich die Möglichkeit dazu ergibt, aber jetzt ist es noch zu früh. Diese Aufpasser patrouillieren da draußen!«

In meinem Inneren rang mein Gewissen mit meiner Angst. Wenn ich ihn vor die Tür setzte, fiel meine Strafe, welche es auch sein mochte, wahrscheinlich geringer aus, schließlich hatte ich ihn nur für eine Nacht versteckt. Gut möglich sogar, dass niemals jemand davon erfuhr. Allerdings würde in dem Fall fortan sein Blut an meinen Händen kleben. Wie sollte ich es miteinander vereinbaren, dass ich über die Jahre immer möglichst wenig Blut getrunken hatte, nun aber einen Menschen in den Tod schicken wollte, um meine eigene Haut zu retten?

»Meinetwegen«, entgegnete ich müde. »Aber

nur, bis sich die passende Gelegenheit ergibt.«

»Bis zur passenden Gelegenheit«, bestätigte er mir und lächelte dabei leicht. Seine Haltung hatte sich sofort entspannt.

»Das mit den Brötchen meinte ich übrigens ernst. Du hast mir meinen gestrigen Arbeitstag versaut.«

»Mach dir keinen Kopf. Ich habe einen gesunden Appetit«, antwortete er mir und rieb sich mit der ledernen Hand den Bauch.

»Wenn du das sagst.« Mit diesen Worten machte ich auf dem Absatz kehrt, nahm eine Kiste von der heutigen Lieferung und füllte die Brötchen mit Blut. Es dauerte keine fünf davon, da hörte ich Schritte und er setzte sich auf einen der Barhocker am rechten Ende meiner Theke. Aus dem Augenwinkel spähte ich zum Schaufenster. Ich hatte die Verdunklung noch nicht aufgehoben, daher war es unwahrscheinlich, dass ihn jemand sah, dennoch hatte ich ein ungutes Gefühl.

»Was denkst du, was du da machst?«, fragte ich,

ohne meine routinierten Bewegungen zu stoppen, geschweige denn ihm in die Augen zu sehen.

»Nach was sieht es denn aus?«, fragte er neckisch.

Ich verdrehte die Augen.

»Ich wollte eigentlich ungern meine ganze Zeit in diesem dunklen Loch verbringen«, fuhr er fort.

»Oh«, erwiderte ich dann und drehte mich dabei schlussendlich doch um. »Entschuldigen Sie bitte, ich wusste nicht, dass Ihnen das Ambiente nicht zusagt, mein Herr.«

Er lachte. »Och, um ehrlich zu sein, ist es besser, als manches, was man sonst so zu Gesicht bekommt.«

Ich hob eine Augenbraue, sagte jedoch nichts dazu. Wie mochten die Menschen da oben wohl leben, wenn er so über meine Speisekammer sprach.

»Dazu fällt dir nichts ein, hm?«, hakte er nach.

Ich fuhr fort, meine Brötchen zu füllen. »Wie auch immer, du kannst trotzdem nicht hier rumsitzen. Ich muss gleich den Laden öffnen.«

»Verständlich«, sagte er. »Nun, dann gehe ich mal zurück in meine ›Räumlichkeiten‹, werte Gastgeberin.«

Ich kam nicht umhin, meine Augenbraue ein weiteres Mal zu heben, als ich ihm nachsah, wie er den Raum verließ und zurück in meine Speisekammer ging. Erst nachdem er die schwere Tür hinter sich geschlossen hatte, fuhr ich mit meiner Arbeit fort.

* * *

An diesem Morgen lief das Geschäft glücklicherweise ziemlich gut, sodass ich sogar Hoffnung hatte, einen kleinen Teil der gestrigen Verluste wieder reinholen zu können. Ich mochte rote Zahlen in meiner Buchführung nämlich nicht und hatte keine Lust, sie Luc erklären zu müssen. Weder wollte ich, dass er mich bemitleidete, noch dass er mir Fragen stellte oder sich gar um mich sorgte. Gerade schwand das schlechte Gefühl, etwas Illegales zu tun, da machte mir ausgerechnet die kleine Jas einen Strich durch die Rechnung.

»Hmm«, säuselte sie. »Hier riecht es heute aber ganz besonders toll, Rain.«

Ich erstarrte kurz. Konnte sie den Menschenkerl etwa durch die geschlossene Stahltür riechen? Und das als Halbvampir? Was rochen dann erst die ganzen vollwertigen Vampire? Oh mein Gott, kam es mir, ich war geliefert! Ich sah mich praktisch schon mit einem Bein im Knast, als sie meiner Panik mit ihrem nächsten Satz ein wenig den Wind aus den Segeln nahm. »Da bekommt man richtig Hunger. Ich glaube, ich nehme noch ein zweites Stück und nehme Daddy noch was mit.«

Ich schluckte. »Gerne«, brachte ich hervor. »Was darf's denn sein?«

»Ich nehm noch etwas von dem Schokokuchen und für Daddy hätte ich gern ein Brötchen, aber bitte mit nur ganz wenig Blut. Er mag das doch nicht so.«

Jetzt musste ich schmunzeln. Kurbelte der Mensch womöglich meine Verkäufe an? Ich hatte seinen Geruch trotz der vergleichsweise kurzen Zeit bereits so sehr in der Nase, dass ich schwer einschätzen konnte, wie stark er hier drinnen war. Solange meine Kunden es für eine verkaufsfördernde Maßnahme hielten, war ich beruhigt, wenngleich noch immer ein wenig Angst mitschwang.

* * *

Nach einem erstaunlich erfolgreichen Arbeitstag öffnete ich am Abend die Kammer meines Gastes. »Hallo, Madame«, begrüßte dieser mich.

»Gut geschlafen?«, fragte ich, ehe ich mich umdrehte, um meinen Bestand zu zählen.

»Kann nicht klagen«, antwortete er.

Ich trug alle Daten feinsäuberlich in mein Datapad ein und kontrollierte die Haltbarkeit meiner verbliebenen Paletten. Mein Gast trat hinter die

Theke, wo er die Blutfüllmaschine auf meiner Arbeitsplatte argwöhnisch musterte.

»Das ist also das Ende vom Lied«, kommentierte er leise, fast flüsternd, aber ich hatte gute Ohren und hörte ihn trotzdem. Er hatte die Arme vor der Brust verschränkt und schüttelte den Kopf, ganz so, als wäre er enttäuscht.

»Was?«, fragte ich, nun doch ziemlich neugierig. Ich trat näher und tat so, als müsste ich zufällig genau jetzt die Theke abwischen.

»Nichts«, gab er zurück.

Ich grummelte in mich hinein. »Na hör mal, wenn du schon hierbleiben möchtest, sollten unsere Gespräche etwas gehaltvoller sein. Oder sollen wir uns etwa die ganze Zeit anschweigen?«

Er verdrehte die Augen, lächelte dabei jedoch. »So gehaltvoll wie diese Flasche da?« Er zeigte auf die Blutpatrone.

»Sie ist lebensnotwendig«, sagte ich.

»Nicht nur für Euresgleichen«, antwortete er. »Für dieses Blut mussten Menschen bangen, leiden und manche sogar sterben. Und ihr füllt es in schwarze, edle Flaschen ab, die ihr in teure Maschinen stellt und stopft es dann in Brötchen?«

»Ich denke, wenn wir es alle pur trinken würden, bräuchten wir noch viel mehr davon.«

»Ihr braucht schon jetzt mehr als genug.«

Zum ersten Mal meinte ich so etwas wie Wut, wenn nicht sogar Verachtung in seinem Blick zu erkennen, als er mich ansah. In diesem Moment kam ich mir ziemlich klein und dumm vor, versuchte aber, es mir nicht anmerken zu lassen. Obwohl ich wusste, dass er recht hatte, spürte ich aus irgendeinem Grund den Zwang, Stellung für meine Art zu beziehen. Ich nahm eine weitere Flasche, drehte sie herum und zeigte auf das kleine weiße Logo auf der Rückseite. Es war ein Herz mit der Aufschrift ›Fair Trade‹.

»Fair gehandelt?«, fragte er ungläubig.

Ich nickte.

»Das glaubst du doch wohl selber nicht. Ihr deklariert es als fair gehandelt, weil Menschen es freiwillig abgeben, um nicht verhungern zu müssen. Oder um zu verhindern, dass ihnen ihre Kinder weggenommen werden. Was ist daran fair? Und der kleine, kümmerliche Haufen unter euch, der einen Funken Mitleid mit uns hat, zahlt sogar extra drauf, nur damit er sein schlechtes Gewissen mit ›Fair Trade‹-Herzchen zukleistern kann. Wow.«

Ich wusste nicht, was ich darauf antworten sollte. Seine Worte trafen einen wunden Punkt.

Er legte eine Hand auf die frisch geputzte Theke und machte, die Beine voran, einen schwungvollen Satz darüber hinweg. »Ich glaube, ich bleibe doch lieber hier drin, bis ich gehen kann«, waren seine letzten Worte, ehe er die Tür der Speisekammer hinter sich zuzog.

Ich blieb eine ganze Weile einfach stehen und starrte auf die schwere Metalltür, bevor ich die Flaschen zurück in die Kühlung stellte, das Licht ausschaltete und langsam nach oben in meine Wohnung ging.

Den Rest des Abends trank ich – auf dem Sofa in eine beigefarbene Decke gewickelt – warmen Kakao ohne Blutzusatz und ließ mich vom Fernseher berieseln. Was auf dem Bildschirm passierte oder was aus den Lautsprechern kam, nahm ich kaum wahr. Zu sehr beschäftigten mich seine Worte. Ich wusste zwar, dass ich mir eigentlich nichts vorzuwerfen hatte, schließlich lebte ich, seit ich denken konnte, mit dem Minimum an Blut und hätte als Alternative nur den Tod, trotzdem fühlte ich mich schuldig. Schuldig, die Botschaft auf meiner Ware geglaubt zu haben. Und irgendwie auch schuldig das zu sein, was ich war: ein Vampir.

Viele von uns benutzten das Wort nicht, weil kaum jemand es mochte, aber was uns von den Menschen unterschied, ließ kaum eine andere Bezeichnung zu. Vielleicht hatten wir unsere Welt hier unten deshalb ›Vampirya‹ genannt. Wir hatten sie uns geschaffen, weil das zweite Leben, das Vampirleben, unter der Sonne unmöglich war, zeigten wir doch starke allergische Reaktionen auf UV-Licht.

Das war der Preis, den wir zahlten. Im Gegenzug waren wir nicht nur mit verlangsamter Alterung ab einer gewissen Wachstumsphase, sondern auch Immunität gegen sämtliche menschliche Krankheiten beschenkt worden. Ebenso unterschieden wir uns auch optisch durch fast weiße Haut und hellere Augen von den Menschen. Ich hatte auch einmal gelesen, dass den Vampiren von einst nachgesagt wurde, sie könnten nicht weinen. Zumindest das traf nicht auf uns zu. Wir konnten Tränen vergießen und genau das tat ich in diesen Minuten auch, zog meine Beine enger an meinen Oberkörper und umklammerte meine heiße Tasse noch etwas fester.

Plötzlich ging die Tür auf und ich zuckte zusammen. Zu meiner Verwunderung stand da mein menschlicher Untermieter. Seine Wut schien komplett verraucht zu sein, jetzt strahlte er wieder Ruhe aus. Allerdings wirkte es nicht so, als habe er unser Gespräch einfach vergessen. Vielmehr schien es als bereue er, was passiert war. Seine Körperhaltung erinnerte mich an ein Kind, das versehentlich eine Vase kaputtgemacht hatte und sich dafür entschuldigen wollte.

»Hey«, begrüßte er mich leise.

»Hey«, antwortete ich ebenso leise und zog dabei kurz die Nase hoch.

Langsam trat er aus dem Türrahmen, kniete sich vor meine Couch und sah zu mir auf.

»Weinst du etwa?«, fragte er sanft.

Ich versuchte, meine Tränen mit den Ärmeln wegzuwischen. »Ein bisschen«, antwortete ich.

»Das wollte ich nicht. Entschuldige.«

»Schon okay.« Ich deutete ihm mit einer Hand an, sich neben mich auf die Couch zu setzen.

»Hör mal«, begann er, kaum dass er sich hingesetzt hatte. »Wir kennen einander ja noch nicht wirklich. Also nicht nur uns als Personen, sondern auch als das, was wir sind. Ich meine, was ich über Vampire weiß, wurde mir mein ganzes

Leben lang von anderen erzählt und die, die ich selbst gesehen habe, sind die, die bei uns oben waren und diese waren schon ganz anders als du.«

»Du bist auch ganz anders als die Menschen, die mir beschrieben wurden oder von denen ich gelesen habe«, gab ich zu.

»Siehst du. Vielleicht ist das für uns ja die Chance, uns ein anderes Bild voneinander zu machen.«

Ich nickte lächelnd mit noch immer leicht glasigen Augen.

Seine schmalen Lippen, die von leichtem Bartwuchs umrandet waren, verzogen sich ebenfalls zu einem Lächeln. »Ich denke, am besten fangen wir damit an, uns einander vorzustellen, meinst du nicht? Mein Name ist Aidan. Freut mich sehr, dich kennenzulernen.« Er hielt mir die Hand hin.

Ich musterte sie einen Moment und zögerte, meine Hand in seine zu legen, schließlich hatte ich noch nie einen Menschen berührt. Letztlich wagte ich es aber doch. Seine Haut war deutlich wärmer als meine, doch ob das nun daran lag, dass ich weiblich war und er ein Mann oder ob Menschen allgemein mehr Wärme ausstrahlten, konnte ich nicht sagen.

»Ich bin Rain«, stellte auch ich mich schließlich vor.

»Wow, was für ein schöner Name.«

Sein Kompliment schmeichelte mir und ich wandte verlegen den Blick ab. Für gewöhnlich war ich keines dieser kichernden, immerzu rot werdenden Mädchen. Doch in seiner Gegenwart fühlte ich mich ganz anders, als in der von Luc oder anderen Männern. Lag das vielleicht an der Faszination des Fremden, die er auf mich ausübte? Ich wusste es nicht und entschied mich, nicht mehr allzu viel darüber nachzudenken, sondern es einfach zu nehmen, wie es kam. Schließlich lebte ich seit jeher in dem Glauben, dass alles, was geschah, auch seinen Grund hatte. So auch sein Besuch.

* * *

»Und ihr schlaft wirklich? Also so richtig?«

»Ja.«

Er lag auf einer Matratze in einen Schlafsack gewickelt auf dem Fußboden, und ich hatte mich in mein Bett gekuschelt. Nachdem ich nun seinen Namen kannte, konnte ich ihn einfach nicht mehr in die Speisekammer einschließen.

»Wie alt bist du?«

»Nun, um ehrlich zu sein ... ich habe keine Ahnung.«

Er schreckte verwundert hoch. »Wie?«

Ich zuckte mit den Schultern. »Ich weiß es nicht. Nach dem Wandlungsprozess verlieren wir die Erinnerung an unser menschliches Leben.«

»Also warst du mal ein Mensch?«

»Ich nehme es an, ja.«

Er legte sich wieder hin. »Alle Erinnerungen futsch. Das klingt hart.«

»Na ja, jein. Für gewöhnlich legt jeder eine Akte von sich an. Eine Art Album mit Bildern, Videos und Schriftstücken aus dem vorherigen Leben.«

»Für gewöhnlich?«

»Ich habe keine.«

»Warum das denn?«

»Das weiß ich nicht. Alles, was ich habe, ist das.« Ich schob mein großes Armband zur Seite und zeigte ihm das Tattoo auf der Unterseite meines Handgelenks. Es waren nur drei Zahlen: 666.

»666? Was soll das bedeuten?«

»Wenn ich das nur wüsste ...«

Aidan

Als ich am nächsten Morgen aufstand, wäre ich beinahe über Aidan gestolpert, der noch immer auf der Matratze schlief. Ich stieg vorsichtig über ihn hinweg und machte mich daran, mich anzuziehen und auf den Arbeitstag vorzubereiten.

Eine ganze Weile stand ich unten im Laden und wartete auf meine Lieferung. Erst als ich entnervt auf die Uhr meines Datapads schaute, merkte ich, dass wir Wochenende hatten. Da kam es häufiger vor, dass die Lieferungen verzögert eintrafen, weil auf den Straßen mehr los war und die selbstfahrenden Fahrzeuge vermehrt anhielten, um niemanden zu überfahren. Zusammen mit der Tatsache, dass ich an den Wochenenden nur vormittags geöffnet hatte, ergab das einen sehr kurzen Arbeitstag.

Meine Lieferung traf schließlich mit etwa 20 Minuten Verspätung ein. Da Aidan nun nicht mehr unten schlief, verschwand wohl auch sein Geruch recht schnell, denn keiner machte mehr eine Bemerkung dazu. Ein Teil von mir war sehr froh darüber, verringerte es doch meine Angst aufzufliegen. Der Andere war etwas traurig, weil ich so möglicherweise ein paar Einbußen bei den Einnahmen zu verzeichnen hatte. Letztlich überwog allerdings Ersteres. Ich musste zugeben, dass ich mit dem Gedanken, einen Menschen vor den Behörden zu verstecken, inzwischen ziemlich gut klarkam. Fast hätte ich mir gar eingestanden, dass Aidan hier ruhig Wochen oder Monate bleiben konnte, ohne dass es mich störte, wären da nicht jene Artgenossen gewesen, die mich schon länger kannten und die ich nicht so einfach belügen konnte.

Just in dem Moment, in dem ich nämlich nach oben gehen wollte, nachdem ich den Laden geschlossen und alles geputzt hatte, vibrierte mein Datapad und eine Silhouette zeichnete sich hinter dem abgedunkelten Schaufenster ab. Eine Silhouette, die sich als meine beste Freundin entpuppte.

»Hey, du!« Ihre Begrüßung war ungewöhnlich schroff, sodass ich zusammenzuckte, kaum dass ich sie hereingelassen hatte. »Warum meldest du dich nicht, ich dachte schon, dir ist was passiert?!«

Ich sah sie völlig perplex an.

»Ich hab dir Nachrichten geschrieben!«

Ich blickte stumm auf mein Datapad. Tatsächlich waren da einige ungelesene Nachrichten, die ich wohl übersehen hatte.

»War stummgeschaltet«, gab ich zu.

»Stummgeschaltet? Du kommst sonst jeden Mittag vorbei und jetzt bleibst du einfach weg und meldest dich nicht. Ich hab mir richtig Sorgen um dich gemacht!«

Ich schüttelte den Kopf. »Musst du nicht. Es ist alles gut. Ich war nur sehr beschäftigt.«

»Beschäftigt. So, so.«

»Ja ... gibt es was Neues von deinem Dad?«, versuchte ich abzulenken.

Doch Maggie kannte mich zu gut. »Hey, hier geht es um dich, nicht um mich!« Mit diesen Worten schob sie mich weg und ging im Laden auf und ab. Langsam bekam ich es mit der Angst zu tun.

»Ähm, Maggie, sollen wir vielleicht zu dir gehen?«

Sie sah mich misstrauisch an. »Wozu denn? Wo ich schon mal da bin, können wir doch einfach hier reden und du gibst mir zur Abwechslung mal einen aus.« Sie setzte sich auf genau den Barhocker, auf dem tags zuvor Aidan gesessen hatte.

Eilig huschte ich hinter die Theke und begann damit, ihr einen Kakao zuzubereiten. Auch sie trank und aß mit wenig Blutzusatz. Allerdings nahm ich an, dass diese Lebenseinstellung bei ihr mehr von der Erziehung ihres Vaters und dessen Faszination für Menschliches herrührte, als von einer Gewissensentscheidung, wie ich sie getroffen hatte. Und während ich die paar Tropfen roten Blutes in ihr Glas tröpfeln ließ, breitete sich in mir das Hirngespinst aus, dass ich ihr vielleicht doch von meinem Besucher erzählen sollte. Immerhin hatte sie mir erst vor Kurzem voller Begeisterung eine echte Blume gezeigt. Konnte ich ihr da nicht voller Begeisterung einen echten Menschen zeigen? Oder würde sie da doch eher Partei für die Regierung ergreifen? Sie war meine beste Freundin, sie würde mich doch nicht verpfeifen, oder doch?

Irgendwie tat es weh, zu merken, dass man jemanden doch nicht so gut kannte, wie man es bisher gedacht hatte. Ich hatte keine Ahnung, wie sie reagieren würde. Es stand 50 zu 50. Konnte ich dieses Risiko wirklich eingehen? Und wenn nicht, wie lange würde ich es schaffen, sie anzulügen?

»Bitte schön.« Ich stellte ihr das Glas hin.

»Danke«, antwortete sie noch immer etwas säuerlich und begann damit die Sahne zu löffeln. »Also, was hat dich so sehr abgelenkt, dass du dich nicht mal bei deiner besten Freundin melden konntest?«

»Nichts«, log ich, den Rücken ihr zugewandt und die Blutmaschine putzend, wohlwissend, dass sie die Lüge in meinen Augen würde sehen können.

»Ist was mit Luca?«, fragte sie weiter.

Ich stutzte. Wie kam sie denn darauf?

»Nein«, antwortete ich. »Wir sind nur Freunde, das weißt du doch.«

»Ja, von deiner Seite aus«, meinte sie. »Aber was ist mit ihm? Immer wenn ich euch zusammen sehe, meine ich, da mehr zu sehen, als nur bloße Freundschaft.«

Ich zuckte mit den Schultern. »Er und sein Dad haben mir das ›Blutbrötchen‹ ermöglicht und greifen mir hier und da noch immer unter die Arme. Wahrscheinlich bin ich so was wie eine kleine Schwester für ihn und das ist es, was du da siehst.«

»Hmm ... vielleicht ist es das«, murmelte meine Freundin.

»Es ist wirklich nichts, Maggie. Ich hab's echt nur vergessen. Es war in letzter Zeit sehr viel los im Laden.«

Maggie nickte. »Okay, tut mir leid, Süße. Ich hab mir einfach nur Sorgen um dich gemacht.«

»Das weiß ich doch. Dafür bin ich dir auch dankbar. Was täte ich denn ohne dich.«

Endlich lachten wir beide.

Einige Zeit später verließ sie mein Geschäft und ich blieb mit einem schlechten Gewissen zurück. Jetzt betrog ich nicht nur das System, sondern auch noch meine beste Freundin. Ganz zu schweigen von meinem besten Freund.

Frustriert ging ich zurück in meine Wohnung.

»Na, Feierabend?«, fragte Aidan.

Ich setzte mich neben ihm auf das Sofa und legte mein Datapad zwischen uns. »Ja.«

»Was ist das eigentlich für ein Ding?«

»Das ist mein Datapad. Damit kann ich meine Wohnung und die Bäckerei steuern, Anrufe tätigen, Nachrichten schreiben, Informationen recherchieren, Notizen und meine Buchhaltung machen.«

»Wow. Wenn das jemand in die Finger bekommt, hast du aber echt ein Problem.«

»Solange er nicht auch meine Finger, meine Stimme und mein Gesicht hat, ist es nicht mehr als ein gewöhnliches Schneidebrett.«

»Ach, echt?«

»Es reagiert nur, wenn ich es anschaue und meine Finger den Bildschirm berühren oder wenn es meine Stimme hört.«

Wie lebten die Menschen da oben wohl? Es war nicht so, dass ich mich das nicht schon vorher mal gefragt hatte, aber so wirklich intensiv darüber nachgedacht hatte ich tatsächlich nie. Ich hatte schließlich auch keine Möglichkeit gehabt Antworten zu bekommen.

»Wie kommuniziert ihr denn miteinander, wenn ihr keine Datapads habt?«

»Nun«, sagte er und lächelte mich dabei verschmitzt an. »Wir reden miteinander.«

Ich hob leicht genervt den rechten Mundwinkel und verdrehte die Augen. »Ja, und über Entfernungen?«

»Wir schreiben uns Botschaften auf kleine Papiere und geben die anderen Personen mit, in der Hoffnung, dass die Nachricht den Empfänger erreicht, bevor der Überbringer erwischt wird. Manche nutzen auch Vögel. Aber die werden leider häufig abgefangen.«

»Das hört sich etwas ... primitiv an«, kommentierte ich vorsichtig.

Zu meiner Überraschung begann er herzhaft zu lachen. »Das ist es auch. Wirklich, das ist es. Die Blutsauger – oh, entschuldige – die Vampire da oben versuchen uns klein zu halten und haben uns jeglicher Technik beraubt. Wir haben praktisch nichts mehr. Keine Autos, keinen Strom, kein Fernsehen. Die einzige Ausnahme ist ein kleiner Chip unter unserer Haut, mit dem sie uns identifizieren können. Namen haben wir für sie nicht. Nur Nummern.«

Es wunderte mich nicht, dass sie die Menschen durchnummerierten. Es erinnerte mich an mein eigenes Erwachen. Ohne Vergangenheit, ohne Zukunft und ohne Namen. Ich hatte mich quasi selbst getauft, mir meine eigene Identität gegeben. Und Luca und Maggie hatten mir geholfen, ein Leben aufzubauen. .

»Das tut mir leid, das wusste ich nicht.«

»Oh, das muss es nicht. Du hast das ja nicht entschieden.«

Ich lächelte leicht, dankbar für seine Ansicht. Dankbar, dass er mich nicht mit meinen fürchterlichen Artgenossen da oben auf eine Stufe stellte. Ich war anders und dessen schien er sich bewusst. »Wie bist du eigentlich hier unten gelandet?«, stellte ich dann schließlich jene eine Frage, die mir seit seiner Ankunft auf der Zunge lag.

Aidan wartete einen Moment, ehe er antwortete. »Das war wohl eine ganze Reihe unglücklicher Zufälle.«

»Für mich gibt es keine ›Zufälle‹, Aidan«, warf ich kurz ein.

»Ist das so?«, fragte er lächelnd. »Nun, jedenfalls musst du wissen, dass wir nur dann unsere Ruhe vor den Blu- Vampiren haben und ein Grundstock an Verpflegung bekommen, wenn wir für sie arbeiten oder ihnen anstelle von Arbeit unser Blut zur Verfügung stellen. Da mein jüngerer Bruder seit längerer Zeit unterwegs war und unsere kleine Schwester und unsere Mutter weder arbeiten noch Blut spenden können, bin ich losgezogen, um für uns alle zu arbeiten. Als ich die Stadt erreichte, fand allerdings ein Aufstand statt. Ich versuchte, mich in dem Chaos zu verstecken. Dabei bin ich irgendwo runtergefallen und ohnmächtig geworden. Als ich wieder zu mir kam, war ich hier unten. Ich muss wohl noch verwirrt gewesen sein. Anders kann ich mir nicht erklären, warum ich, statt wieder nach oben zurückzukehren, einfach losgegangen bin, immer tiefer.« Er strich sich über die trockene Kruste auf seiner Stirn.

»Oh, aber wenn du hier bist, was wird denn dann aus deiner Familie?«

»Das weiß ich nicht. Ich weiß, dass jeder Tag, den ich hierbleibe, das Risiko erhöht, dass sie ihnen irgendwas antun. Aber wenn ich entdeckt werde, kann ich ihnen gar nicht mehr helfen. Es ist also das kleinere Übel, wenn ich hier ausharre, verstehst du?«

»Ja, ich verstehe«, antwortete ich.

Was er erzählte, weckte in mir den Wunsch, ihm wirklich zu helfen. Nicht nur, indem ich ihm eine Unterkunft gab, sondern indem ich aktiv nach einer Lösung für seine ausweglos erscheinende Situation suchte. Irgendwie war er hierher gelangt, also musste es auch einen Weg zurück geben. Womöglich waren der Hin- und Rückweg ein und derselbe, wir mussten ihn nur finden.

»Ich beruhige mich mit dem Gedanken, dass mein Bruder vielleicht nach Hause gekommen ist und sich um sie kümmert. Nur so kann ich nachts in Ruhe schlafen.«

Jetzt tat er mir noch mehr Leid. Ich legte eine Hand auf seinen Oberarm. »Wir finden einen Weg. Versprochen.«

Seine dunkelbraunen Augen musterten mich. »Danke«, sagte er mit seiner angenehm ruhigen Stimme.

Für einen Moment dröhnte mein schnell pochendes Herz in meinen Ohren. In diesem Braun wollte man am liebsten versinken. Schnell stand ich auf, nahm mein Datapad, setzte mich auf meinen Schreibtischstuhl und beantwortete weiter Nachrichten. So richtig las ich ihren Inhalt gar nicht. In meinem Inneren war ich viel eher damit beschäftigt, darüber nachzudenken, was mit mir los war. Konnte es tatsächlich sein, dass ich diesen Kerl, diesen Menschen, anziehend fand? War es wirklich er, der diese Gefühle in mir auslöste, oder war es das Unbekannte an ihm, das Neue?

Halt! Ich wollte doch nicht darüber nachdenken. Ich schüttelte den Kopf in dem Versuch, die Gedanken von mir abzuschütteln.

»Alles in Ordnung?«, hörte ich Aidan fragen und stellte fest, dass ich meinen Kopf nicht nur im Geiste geschüttelt hatte.

»Ja, ja, alles klar«, antwortete ich eilig.

Nein, hier war gar nichts klar.

Lügengeflecht

Als ich ein paar Wochen später mit einer Portion Hühnchen mit Kartoffeln vom kleinen Restaurant um die Ecke nach Hause kam, saß Aidan auf dem Sofa und sah fern.

Am Anfang hatte er meistens Nachrichtensender geschaut, in der Hoffnung etwas über die Oberwelt zu erfahren. Nach einiger Zeit war ihm wohl klar geworden, dass seine Welt hier unten kaum eine Rolle spielte und unsere Nachrichten nur uns betrafen.

Unsere Börse, neue Freizeitaktivitäten, neue Trends. Nichtigkeiten.

»Ist das für mich?«, fragte er mit Blick auf die Lunchbox.

»Ja«, sagte ich, nahm einen Teller und stülpte die Box darauf um. »Lass es dir schmecken. Ich hab einfach gesagt, ich möchte eine Portion ohne Blutzusatz, damit ich sie mir einfrieren kann. Eingefrorenes und wieder aufgetautes Blut ist nicht so der Hammer.«

»Danke für diese Information, während ich esse«, kommentierte er. Seine Tonlage verriet mir, dass er es nicht böse meinte.

»Entschuldige«, sagte ich und sah verlegen zu Boden.

»Kein Problem. Danke für das tolle Essen.«

Kaum war der Teller leer, rieb er sich zufrieden den Bauch. Er benutzte dazu die Hand, die immerzu in einem Lederhandschuh steckte. Auch das war so eine Sache, die Fragen in mir aufwarf, die ich bis dato noch für mich behalten hatte.

»Warum trägst du eigentlich immer diesen Handschuh?«, fragte ich.

Er sah zuerst mich an, dann warf er einen Blick auf die Hand. »Das ist von einem Unfall. Ich will es einfach nur abdecken.«

»Ach so«, war alles, was ich darauf antwortete. Ihn zu fragen, ob er es mir mal zeigen könnte, empfand ich dann doch als zuviel des Guten.

»Ich hab mir da was überlegt«, sagte er.

Ich blickte ihn fragend an.

»Wie wäre es, wenn wir einfach rausgehen und zusammen den Bahnhof durchsuchen. Irgendwo muss dieser Durchgang ja sein. Wenn ich nah genug dran bin, erinnere ich mich vielleicht sogar an Details.«

»Das ist zu gefährlich«, versuchte ich, diese Unterhaltung im Keim zu ersticken, doch er ließ es nicht zu.

»Ich bin jetzt wie lange hier? Drei Wochen?«

Ich zählte kurz gedanklich die Tage, dann nickte ich.

»Du hast täglich dutzende Kunden in der Bäckerei und bisher hast du nicht einmal erwähnt, dass irgendjemand von einem Menschen in der Stadt gehört hat.«

Ich seufzte. »Ich weiß, aber es ist trotzdem sehr gefährlich. Gib mir bitte noch ein bisschen Zeit. Es gibt bestimmt noch den einen oder anderen Winkel im Bahnhof, den ich übersehen habe.«

Natürlich war mir klar, dass er sich große Sorgen um seine Familie machte. Er sprach es nicht offen aus, doch in seinen Träumen holte es ihn fast jede Nacht ein. Dann schreckte er aus dem Schlaf und starrte minutenlang in die Dunkelheit meines Schlafzimmers. Manchmal hörte ich ihn Namen rufen. Einen Namen rief er dabei ganz besonders oft: Cally. Ich fragte nicht nach, doch ich war mir ziemlich sicher, dass seine kleine Schwester so hieß.

Nun war er es, der seufzte. »Meinetwegen.«

* * *

Eine Woche später kam ich gerade vom Einkaufen zurück, als ich Luca traf. Die Richtung, in die er ging, war die, in der das ›Blutbrötchen‹ lag.

»Hey, Luc«, rief ich ihm zu, woraufhin er freudestrahlend auf mich zukam und mich umarmte.

»Hey, Teufelchen! Wie geht's dir? Ich wollte gerade zu dir.«

»Ach echt?«, gab ich vor, es nicht schon geahnt zu haben. »Ich hatte aber eigentlich noch gar nicht vor, jetzt nach Hause zu gehen.«

»Wo wolltest du denn hin?«, fragte er.

»Ähm, zu Maggie«, log ich.

»Wenn es dir recht ist, begleite ich dich. Okay?«

So langsam wurde ich nervös. Das würde bedeuten, dass ich meinen Nachmittag mit zwei Personen verbrachte, die ich seit Wochen anlog und die eigentlich meine besten Freunde waren. Ich kam mir wirklich schäbig vor. Aber es nützte nichts, da musste ich durch.

»Klar, kein Problem«, sagte ich also und machte mich mit ihm gemeinsam auf zu Maggies kleinem Café. Meine Einkäufe sehnten sich wahrscheinlich jetzt schon nach einem Kühlschrank, aber das empfand ich momentan als das kleinere Übel.

In Maggies Café war, wie so häufig, seit sie dazu tendierte, ihre Preise ständig anzuheben, nicht sonderlich viel los und so war es nicht verwunderlich, dass sie sich bereits nach wenigen Minuten zu uns an den Tisch stellte.

»Hey, meine Lieben. Was darf ich euch bringen?«

»Wie immer«, sagte ich nur.

»Einen Cappuccino, bitte«, sagte Luca.

»Small, Medium oder Large?«, erkundigte sich Maggie nach der gewünschten Blutmenge.

»Large«, antwortete er.

Zwar wusste er um meine Abneigung gegenüber dem roten Lebenssaft, doch nahm er deswegen nicht übermäßig Rücksicht. Das war schon immer so gewesen und wahrscheinlich der Erziehung durch seinen Vater zu verdanken. Anders konnte ich es mir nicht erklären, dass die beiden mir ausgerechnet einen Beruf ermöglichten, bei dem ich tagtäglich mit Litern von Blut zu tun hatte. Allein meine Dankbarkeit für ihre Unterstützung und die Gewissheit, dass mir nichts anderes übrig blieb als das Leben so zu nehmen wie es nun mal war, ließen mich das stillschweigend akzeptieren.

Kurze Zeit später kam Maggie mit unseren Getränken an den Tisch, nahm einen freien Stuhl vom Nachbartisch und gesellte sich dazu.

»Ist ja echt lang her, dass wir mal alle drei zusammen waren«, sagte sie.

»Das stimmt, dabei verstehe ich gar nicht warum. Wir sollten das öfter machen«, meinte Luc.«

»Nun, das könnte schwierig werden, wenn Madame sich weiterhin so rar macht«, stichelte meine beste Freundin daraufhin.

Sie und Luc sahen mich abwartend an.

Ich zuckte hilflos mit den Schultern. »Ich hab dir schon gesagt, dass es mir leidtut.«

»Ich weiß ja, ich weiß, sorry«, sagte sie.

»Sie geht eben voll in ihrer Arbeit auf, was?« Ich wusste nicht, ob Lucs Worte nun eine Annahme oder eine Frage waren.

»Was anderes hab' ich ja auch nicht«, sagte ich patzig.

»Hey«, sagte Maggie und stieß mich leicht mit der Schulter an. »Du hast uns. Ist das nichts? Du weißt doch, dass du immer zu uns kommen kannst, oder?«

»Ja, schon klar, entschuldige bitte.« Am liebsten wäre ich aufgestanden und gegangen, aber ich hatte Angst, dass diese Reaktion die beiden dazu bringen würde mir zu folgen oder mich noch öfter zu besuchen. Das konnte ich gerade wirklich nicht gebrauchen.

»Und wie geht es euch so?«, versuchte ich stattdessen, das Gespräch in eine andere Richtung zu lenken.

»Ich kann nicht klagen«, sagte Luca sofort. »Dad ist erfolgreicher denn je und hat mir seine Unterstützung für weitere Studiengänge zugesagt.«

Ich zwang mir ein Lächeln auf die Lippen. Lucs Vater war ein sehr einflussreicher Mann in den höheren Rängen der Regierung. Das Dauerstudium seines Sohnes sorgte praktischerweise dafür, dass dieser gar nicht erst auf die Idee kam, sich in seine Geschäfte einzumischen. Zumindest empfand ich das so. Luc hingegen sah das anders. Für ihn war es, da er einem schier unendlichen Leben entgegensah, nur logisch, dass er sich auch umso mehr Wissen aneignen musste.

»Das ist ja super«, frohlockte Maggie.

»Ja, nicht wahr?«, stimmte Luc ihr zu.

»Und wie sieht es bei dir aus?«, fragte ich an Maggie gewandt.

»Alles beim Alten«, sagte sie nur.

Ich wusste, was das bedeutete und hakte nicht nach. Dass sie so kryptisch antwortete, ließ nur den Schluss zu, dass sie nicht wollte, dass Luc vom Verschwinden ihres Vaters erfuhr. Nicht auszudenken, was passieren würde, sollte jemand von der Regierung erfahren, dass ein Vampir einen Weg nach oben suchte.

»Na dann«, beließ ich es dabei.

* * *

Etwa drei Stunden später als geplant kam ich mit meinen inzwischen vermutlich teilweise aufgetauten und schlecht gewordenen Einkäufen nach Hause zurück.

Aidan musterte die durchweichte Box in meinen Armen und sah mich fragend an. »Wo warst du denn so lange? Hast du was herausgefunden?«

Ich schüttelte den Kopf. »Nein, Luc hat mich abgefangen und ich wollte ihn von dir weglotsen, also bin ich mit ihm zu einer gemeinsamen Freundin gegangen, die am Südende des Bahnhofs ein kleines Café betreibt.«

»Ach so.« Ich meinte, einen Anflug von Enttäuschung in seiner Stimme zu hören.

Müde stellte ich die Einkaufsbox auf meine

kleine Küchenzeile und begutachtete den Inhalt. Was keiner Kühlung bedurfte, stellte ich einfach in die Schränke. Nur eine Packung Fisch wanderte auf direktem Wege in den Müll.

»Oh, was täten wir da oben nicht für eine Packung aufgetauter Fischstäbchen«, kommentierte Aidan, der mit ausgestreckten Beinen und überkreuzten Füßen auf meiner Couch lag.

»Ich kann sie gern wieder rausholen und dir braten«, schlug ich vor. »Oder ich mache diese angetaute Pizza, die zwar nicht noch mal eingefroren werden kann, aber durchaus noch genießbar ist. Beim Fisch bin ich mir da nicht so sicher.«

»Pizza?«, schrie er daraufhin. »Dein Ernst?«

Ich sah ihn ob dieses euphorischen Ausbruchs etwas entgeistert an. »Ja?«

Die runde Scheibe italienischer Kultur aus Hefeteig, belegt mit allerlei Köstlichkeiten, musste von mir allerdings vor der Zubereitung erst einmal vom sich darauf befindlichen Blut als Tomatensoßenersatz befreit werden, bevor ich sie meinem Gast zumuten konnte.

»Ich dachte, gefrorenes Blut schmeckt nicht? Warum klatscht ihr es dann auf Tiefkühlpizza?«

»Nun«, erklärte ich, während ich echte Tomatensoße darauf verteilte und den restlichen Belag zurück an seinen Platz legte. »Es schmeckt nicht so gut, aber für diejenigen, die eine schnelle, nahrhafte Mahlzeit haben wollen, ist das vermutlich erst mal zweitrangig. Selbstgekocht ist doch immer besser als gekauft und aufgetaut, oder nicht?«

»Keine Ahnung«, sagte er. »Wir leben seit Jahren nur von Reis oder dem, was wir selbst anbauen und jagen. Luxusgüter wie Tiefkühlpizza oder Fischstäbchen gehören nicht zu den Essenspaketen, die die da oben so verteilen. Egal, ob man nun AB-Positiv oder Nullnegativ abgibt.«

»Das glaube ich dir.«

Ein paar Minuten später sah ich ihm zu, wie er Stück für Stück zufrieden in sich reinschob. Ich würde es wahrscheinlich vermissen, ihm beim

Essen zuzusehen, wenn er fort war. Für ihn war jeder Bissen ein Genuss und etwas Besonderes. Für uns nur eine Notwendigkeit, um nicht zu verhungern. Wir dachten nicht darüber nach. Nicht mal über die Leben, die hinter unseren Mahlzeiten steckten. Die Leben derer, die ihr Blut für uns geopfert hatten. Wer weiß für was. Vielleicht Freiheit, vielleicht eine ruhige Nacht, einen Tag Urlaub oder einfach nur ein wenig Reis.

* * *

Es ging eine weitere Woche ins Land, ehe er ein zweites Mal darum bat, sich an der Suche aktiv zu beteiligen.

»Komm schon. Wir haben keine andere Option mehr und ich kann nicht länger warten.«

Dieses Mal konnte ich weder ihn noch mein eigenes Gewissen vertrösten. Vor meinem inneren Auge sah ich ihn wieder im Schlaf hochschrecken und den Namen seiner Schwester rufen. »Meinetwegen.«

Er lächelte triumphierend.

»Aber!«, fügte ich hinzu.

Sein Lächeln erlosch.

»Nicht ohne entsprechende Vorbereitung!«

Ich verschwand ins Bad und kam mit meinem selten benutzten Schminkköfferchen wieder heraus.

»Was wird das?«, fragte er misstrauisch.

»Nun, Vampire sind ziemlich bleich und außerdem müssen wir so gut es geht deinen Geruch abdecken.«

Mindestens so widerwillig wie ich unserem Ausflug gegenüberstand, ließ er sich von mir schminken. Ich hellte seinen Teint mit einer dicken Schicht Make-up auf und hüllte ihn in Wolken aus Parfüm, in der Hoffnung die künstlichen Gerüche würden seinen Duft überdecken. Als ich mein Werk vollendet hatte, hielt ich ihm erwartungsvoll einen Spiegel hin.

»Wow, ich sehe aus, als hätte ich Jahrzehnte im Keller verbracht«, kommentierte er wenig begeistert.

»Ein kleines Detail fehlt noch.« Ich setzte ihm eine dunkle Sonnenbrille auf die Nase.

»Ihr habt keine Sonne. Werden sich die Leute nicht wundern?«

Ich winkte ab. »Wir neigen dazu, uns an unsere Vergangenheit zu klammern. Wir trinken Blut mit Kakao und quetschen es in Brötchen. Wir tragen auch Sonnenbrillen ohne einen Sonnenstrahl. Einfach nur so, als Accessoire.«

Damit war mein kleines Kunstwerk in Form eines eins neunzig Vampirmannes auch schon fertig.

Bevor ich ihn allerdings nach draußen ließ, umfasste ich seinen Oberarm recht grob. »Schau niemandem zu lang in die Augen. Bleib nicht stehen, lauf aber auch nicht zu schnell. Vampire haben alle Zeit der Welt, wir haben keine Hektik nötig. Und geh aufrecht. Wir haben ein perfektes Skelett.«

»Nicht in die Augen schauen, nicht stehen bleiben, nicht zu schnell und nicht gekrümmt laufen«, wiederholte er.

»Gut«, sagte ich und ließ seinen Arm los. »Und was am wichtigsten ist: bleib immer in meiner Nähe.«

»Das lass ich mir nicht zweimal sagen«, gab er zurück.

»Charmeur«, sagte ich nur und trat dann mit ihm gemeinsam nach draußen.

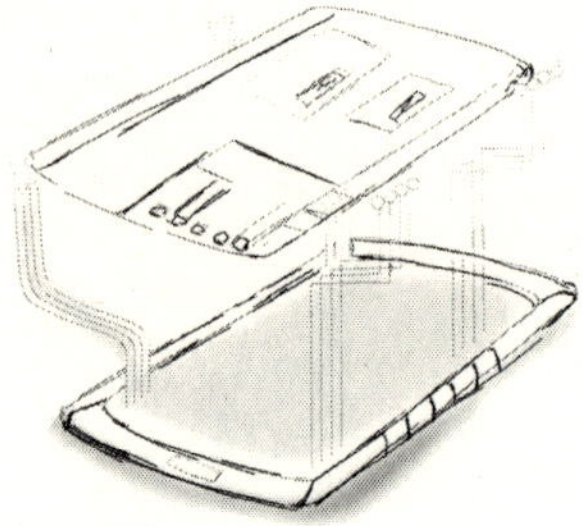

Sightseeing

Für unseren Ausflug hatte ich mir die Morgenstunden ausgesucht und meine Bäckerei kurzfristig geschlossen. In der ersten halben Stunde, die wir unterwegs waren, war ich vor Nervosität einer Ohnmacht nahe. Jedes Mal wenn uns jemand entgegenkam, sah ich uns schon entlarvt. Aber alle liefen einfach an uns vorbei, als wären wir ein gewöhnliches Paar, das durch den Bahnhof spazierte.

»Hey, ganz locker«, versuchte er mich zu beruhigen und nahm meine Hand, woraufhin ein Kribbeln meinen Körper durchfuhr. Ich hatte so etwas noch nie erlebt, dementsprechend steif lief ich neben ihm her. »Du sagtest, wir sollen aufrecht gehen, nicht so, als hätten wir einen Stock verspeist«, sagte er daraufhin.

»Ich weiß«, gab ich zurück. Zu mehr war ich nicht in der Lage.

Es dauerte ein paar Minuten, bis ich wieder etwas lockerer wurde. »Kommt dir irgendwas bekannt vor?«, fragte ich.

»Nein, bis jetzt nicht«, kam die ernüchternde Antwort. Aber noch waren wir ja erst am Anfang.

»Warum ist hier so wenig los? Dass man bei uns tagelang laufen kann, ohne jemanden zu sehen, habe ich darauf zurückgeführt, dass alle hier unten sind.«

»Die sind jetzt alle bei der Arbeit.«

»Ich dachte, Verwandelte müssen nicht mehr arbeiten?«

»Wie soll denn dann unsere Wirtschaft funktionieren? Wir arbeiten schon nur eben nicht so lange.«

»Aha.«

Er beendete das Thema und konzentrierte sich wieder auf die Umgebung. Ganz besonderes Interesse schien er an unseren Hovercars zu haben. Zuerst fand ich es nur amüsant, dann kam mir eine Idee.

»Hey«, sagte ich und blieb stehen, sodass er ebenfalls gezwungen war, Halt zu machen. »Möchtest du mal eine Runde mitfahren?«

»Was?«, fragte er verdutzt.

»Die Hovercars. Ich seh doch, dass du sie spannend findest und du hast gesagt, ihr habt keine Fahrzeuge.«

»Ach so«, sagte er dann. »Na ja, wir haben schon welche, aber nur sehr wenige und sehr demolierte. Uns fehlen die Ressourcen für neue und das Benzin ist auch knapp. Und außerdem haben sie Räder und fahren auf dem Boden. Sie ... sie schweben nicht darüber hinweg.«

Ich lachte leise. »Deswegen ja ›hover‹. Also möchtest du?«

Er schien kurz zu überlegen. »Wahnsinnig gern, aber ist das nicht zu gefährlich? Was wenn der Fahrer mich erkennt?«

»Fahrer? Schau doch mal ins Cockpit. Die fahren von selbst.«

Mit meinem Datapad rief ich das nächste freie Hovercar zu uns. Wie die meisten war es schneeweiß und hochglänzend lackiert. Nachdem es direkt vor uns zum Stehen gekommen war, schoben sich die beiden Türen zur Seite, sodass wir im Innern Platz nehmen konnten. Aidans Hände strichen fasziniert über das dunkelblaue Leder der Sitze. Zwei breite Sitzbänke auf jeder Seite des Cockpits ermöglichten es jeweils drei Leute einander gegenüber zu sitzen. Ich nahm entgegen der Fahrtrichtung Platz, er auf der anderen Seite.

»Wow«, sagte er begeistert.

Über uns befand sich ein kleiner Bildschirm mit einer Karte.

»Willkommen, ›Rain‹ und ›Unbekannt‹«, sagte eine freundliche, computergenerierte Frauenstimme, die offensichtlich so echt klang, dass Aidan zusammenzuckte. »Bitte nennen Sie Ihr Ziel.«

Aidan starrte mit leicht geöffnetem Mund auf den Bildschirm, auf dem nun mein Name und ein Bild von mir zu sehen waren. Ich nutzte die Hovercars so selten, dass ich vergessen hatte, dass sie den gleichen Sensor besaßen, der auch in der Tür meiner Bäckerei verbaut war.

»Kein Ziel«, sagte ich.

»Vielen Dank«, gab die Stimme zurück. »Wenn Sie aussteigen möchten, sagen Sie bitte ›Stop‹ oder machen Sie eine Eingabe auf dem Bildschirm Ihres Datapads.«

»Kein Ziel?«, fragte Aidan.

»Wir machen jetzt eine kleine Rundfahrt.«

»Okay«, sagte er sichtlich nervös.

»Mach dir keine Sorgen«, versuchte ich ihn zu beruhigen. »Es hat nur mich erkannt und die

Scheiben sind abgedunkelt. Niemand kann uns sehen.«

Er nickte und sah aus dem Fenster.

Eine Weile saßen wir nur stumm da und sahen zu, wie die Gebäude und Personen an uns vorbei glitten. Der Bahnhof war relativ lang und das ganze Gebiet war eine besondere Zone, in der die Hovercars nur knapp über Schrittgeschwindigkeit zurücklegten. Es gab keine sichtbaren Schienen oder Wege auf dem klinisch weißen Bahnhofsboden, daher wollte man verhindern, dass jemand von einem Car erwischt wurde. Es kam auch während unserer Fahrt ein paar Mal vor, dass das Fahrzeug kurz anhielt, weil sich jemand in Reichweite der Sensoren befand, doch nach dem kurzen Stop fuhr es lautlos wieder an und schwebte unbeirrt weiter.

»Nutzt ihr also das ganze Benzin?«, fragte Aidan schließlich.

Ich schüttelte den Kopf. »Man sagt uns zwar, dass wir so ziemlich immun gegen sämtliche

Krankheiten seien, aber aus der Vergangenheit gelernt haben wir trotzdem. Unsere Hovercars funktionieren alle mit Sonnenenergie. Genauso wie fast alles andere hier unten.«

»Ah, deswegen also die Solarfelder.«

»Solarfelder?«

»Riesige Felder mit Solarzellen«, erklärte er. Dann lachte er. »Die Sonne kann euch töten und doch lebt ihr von ihr. Ist das nicht ziemlich ironisch?« Es schwang Bitterkeit in seiner Stimme mit.

»Irgendwie schon«, gab ich zu.

Nach etwa 30 Minuten beendete ich unsere Fahrt durch ein paar Fingertipps auf meinem Datapad.

»Ostwind«, sagte die Frauenstimme, als wir zum Stehen kamen und sich die Türen öffneten. »Vielen Dank, dass Sie mit uns gefahren sind, Rain und ›Unbekannt‹.«

»Was bedeutet ›Ostwind‹?«, fragte Aidan, während das Hovercar davon schwebte.

»Das ist das östliche Ende des Bahnhofs«, sagte ich. »Der Bahnhof hat vier solcher großen Haltestellen, die nach Himmelsrichtungen benannt sind.«

»Himmelsrichtungen ohne Himmel. Aha.«

Ich überging seinen Kommentar. »Weißt du noch, wie lange du von deinem Ankunftsort zur Bäckerei gebraucht hast?«

Er schüttelte den Kopf. »Ich weiß nur noch, dass es mir ewig vorkam und ich es ziemlich eilig hatte.«

»Hmmm, das hilft uns leider nicht viel.«

Wir suchten weiter das Gelände ab, in der Hoffnung ihm würde irgendetwas bekannt vorkommen. Bisher hatten wir leider absolut nichts gefunden, nicht einmal annähernd, dabei waren wir schon fast zwei Stunden unterwegs. Aber immerhin zwei Stunden, in denen wir nicht entdeckt worden waren.

Doch plötzlich strömten etwa 50 Personen aus einem Gebäude in der Nähe. Ich konnte nicht sehen, was der Grund für den Aufruhr war und hielt es zunächst für wenig problematisch, bis zusätzlich fünf Hovercars der ›Security Guards‹ auftauchten.

»Aidan«, sagte ich und umfasste seine Hand fester.

Er drehte sich suchend um, bis auch er die Wachposten sah. In seinem Blick meinte ich, erkennen zu können, dass er schon einmal mit ihnen zu tun gehabt hatte und ganz genau wusste, was das zu bedeuten hatte.

»Komm«, sagte ich und zog ihn hinter mir her.

Als ich um die nächste Hausecke geeilt war, bemerkte ich, wie seine Hand aus meiner glitt. Dann war er plötzlich verschwunden. Mein Herz begann zu rasen. Ich machte sofort auf dem Absatz kehrt, doch von Aidan fehlte jede Spur. Verzweifelt hielt ich Ausschau nach seiner Lederjacke und seinem lockigen braunen Haar, doch vergebens. Ich hätte so gerne nach ihm gerufen, doch traute ich mich nicht. Zu groß war die Angst, dass das

Wachpersonal womöglich seinen Namen kannte und ich ihn so erst recht verriet. Doch wie hoch war die Chance, dass er sich nur verirrt hatte und sie ihn noch gar nicht erwischt hatten?

Nicht sehr hoch, sagte ich zu mir und bemerkte heiße Tränen in meinen Augen aufsteigen und über meine bleichen Wangen rinnen.

Irgendwann ließ ich mich erschöpft an einer Hauswand hinabgleiten, bis ich auf dem warmen Boden saß. Warum hatte ich ihn überhaupt hier hergebracht? Warum hatte ich mich zu dieser Aktion überreden lassen? Waren jetzt all die Wochen des Versteckspiels umsonst gewesen?

Ich wusste, dass ich mir nicht nur Sorgen um ihn machen musste, sondern auch um mich selbst. Denn wenn sie herausfanden, dass ich ihn beherbergt hatte, war auch ich in Schwierigkeiten. Irgendwo in mir schwang diese Angst logischerweise auch mit, aber primär fürchtete ich um Aidan.

»Ist alles in Ordnung, junge Frau?«

Erschrocken sah ich auf und blickte in die silbergrauen Augen eines männlichen Wachpostens.

»Ja«, sagte ich und wischte mir rasch die Tränen mit den Ärmeln ab, da reichte er mir die Hand, um mir aufzuhelfen. »Ich- ich ähm ...« *Lass dir schnell was einfallen*, dachte ich fieberhaft. »Ich bin nur erschrocken, weil in der Nähe plötzlich so ein Tumult war.«

»Oh«, sagte der Mann und lachte leicht. »Das ist kein Grund zur Sorge. Das war nur das Ende einer Veranstaltung.«

»Ach so«, sagte ich. »Und wozu dann so viel Wachpersonal?«

»Nun, die Regierung verlangt, dass bei Veranstaltungen im Freien mit mehr als zehn Personen Security Guards anwesend sind. Diese Leute waren zwar nur kurz außerhalb des Gebäudes versammelt, aber wir helfen gern beim ordentlichen Auflösen solcher Menschenmengen, bevor es zu Schwierigkeiten kommt.«

Ich nickte stumm. Seit Aidan in mein Leben getreten war, wurde mir erst so richtig bewusst, wie sehr wir doch unter Bewachung standen, die uns als Sicherheit verkauft wurde.

»Kann ich Ihnen ein Hovercar rufen, das Sie nach Hause bringt?«, fragte er weiter.

Ich schüttelte den Kopf. »Das ist nicht nötig, danke. Ich komme schon zurecht.«

»Okay«, sagte er und hob kurz seine Mütze. »Dann wünsche ich Ihnen noch einen schönen Tag, junge Frau.«

»Danke«, sagte ich und machte mich schnellen Schrittes davon, ohne jedoch zu rennen. Ich wollte nicht noch mehr Aufmerksamkeit erregen.

Eine ganze Weile ging ich noch zu Fuß und hoffte, unterwegs irgendwelche Gesprächsfetzen mitzubekommen, doch niemand unterhielt sich über einen Menschen, der von den Wächtern mitgenommen worden war. Ich verbuchte das als positiv und stieg, erneut mit den Tränen kämpfend, in das nächste Hovercar, um mich nach Hause bringen zu lassen.

Dort angekommen sprang ich sofort nach draußen und suchte die nahe Umgebung ab. Erst als ich sicher war, dass er nicht in der Nähe war, ging ich rein, schaltete das Licht ein und setzte mich auf die Treppe, die in meine Wohnung führte.

Während ich wartete, dachte ich darüber nach, wie lange man unterwegs wäre, wenn man zu Fuß vom Ostende hierher lief. Vielleicht hatte er ja Angst allein in ein Hovercar zu steigen, weil es ihn nicht erkannte. Die Warterei wurde schon nach kurzer Zeit fast unerträglich. Immer wieder starrte ich auf die Uhr, nur um festzustellen, dass seit dem letzten Mal nur wenige Minuten vergangen waren. Irgendwann hielt ich es nicht mehr aus, stand auf und verließ den Laden.

Zum dritten Mal an diesem Tag stieg ich in ein Hovercar. Während meiner Fahrt warf ich suchende Blicke aus dem Fenster und in die engen Gassen zwischen den einzelnen Gebäuden, doch fand ich keine Spur von Aidan.

»Café am Südwind«, sagte die Computerstimme

schließlich, als ich zehn Minuten später ausstieg. Das restliche Blabla, das sie abspulte, hörte ich gar nicht mehr.

Dann stand ich ein paar Minuten zitternd vor Maggies Café. Die großen Fenster waren bereits verdunkelt. Ein Blick auf die zahlreichen Bildschirme mit Ankunfts- und Abfahrtszeiten der Züge verriet mir auch die Uhrzeit und damit den Grund dafür: Es war bereits weit nach Mittag.

»Rain!«, hörte ich die hohe Stimme meiner Freundin und drehte mich in die Richtung, aus der ich sie gehört hatte. Sie kam mit einer Papiertüte voller Einkäufe angelaufen und blieb kurz vor mir stehen. »Was machst du denn hier? Ist alles in- hey, hast du etwa geweint?«, fragte sie erst hastig, dann sanft.

Ich nickte und fühlte, wie mir erneut die Tränen kamen. Obwohl ich sie zu unterdrücken versuchte, bahnten sie sich unaufhaltsam ihren Weg aus meinen Augen und über mein Gesicht und ich begann jämmerlich zu schluchzen und zu wimmern. Maggie ließ ihre Einkaufstüte fallen. Ich hörte noch, wie sie dumpf auf dem Boden aufkam, dann drückte mich meine beste Freundin an ihre Brust und legte ihre Wange auf meinen Kopf.

»Hey, alles gut, Süße. Lass uns erst mal rein gehen und dann erzählst du mir, was dich bedrückt, ja?«

Ich nickte in ihren Pullover.

* * *

Die heiße Schokolade, die Maggie mir zehn Minuten später auf den Tisch stellte, hatte eine schneeweiße Sahnehaube, bestäubt mit feinem Kakao. Erst als ich das knarzende Geräusch eines alten Holzstuhls hörte, der verrückt wurde, sah ich auf. Maggie hatte den Stuhl verkehrt herumgedreht, ihre Arme auf der Rückenlehne überkreuzt und ihren Kopf auf ihnen abgelegt. »Mein Geheimrezept gegen Kummer«, sagte sie.

»Erfolgsquote 100 Prozent.«

Ihre Worte brachten mich noch mehr zum Weinen. Sie kümmerte sich so rührend um mich und ich hatte sie wochenlang belogen und jetzt auch noch Aidan verloren. Ich war der dümmste Vampir auf der ganzen Welt. Ganz sicher.

»Hey, hey«, versuchte sie weiter, mich zu beruhigen. »Hier, probier mal.« Sie reichte mir einen Löffel für die Sahne.

Mit zittrigen Fingern schob ich mir etwas davon in den Mund, dann legte ich den Löffel wieder beiseite.

»Schmeckt es nicht? Ist die Sahne etwa schlecht?«, fragte Maggie erschrocken.

Ganz die Café-Besitzerin in Perfektion. In meinem Innern lachte ein kleiner Teil von mir über ihre Art.

»Nein, das ist es nicht«, sagte ich.

»Was ist es dann?«, wollte sie wissen.

»Ich ... ich hab' so ein furchtbar schlechtes Gewissen«, gab ich zu.

»Schlechtes Gewissen? Mir gegenüber?«

Ich nickte traurig. »Auch.«

Maggie sah verdutzt drein, sagte jedoch nichts.

Ich ließ die Schultern hängen und presste die Hände zwischen die Oberschenkel. »Maggie, ich hab dich angelogen. Es tut mir leid.«

Einen Moment war es still.

»Nun, ich denke, ich könnte dir verzeihen«, fuhr sie dann fort. »Wenn du mir auch sagen würdest, in welchem Punkt du mich belogen hast?«

Ich seufzte. Da war er, der Moment der Wahrheit.

»Ich hatte einen Grund, weswegen ich mich so lange nicht gemeldet habe.«

Maggie lachte, woraufhin ich sie verdutzt anstarrte. »Also wenn es einen Preis für die schlechteste Lügnerin in Vampirya gäbe, würdest du ihn wahrscheinlich jedes Jahr auf's Neue gewinnen.«

»Was?«

»Ich hab gewusst, dass du einen Grund hattest, aber ich wollte nicht weiter nachhaken. Ich dachte mir, dass du früher oder später auf mich zu kommen würdest, solltest du meine Hilfe brauchen. Und siehe da«, sie zeigte mit der offenen Hand auf mich. »Ich hatte recht.«

Konnte ich noch niedergeschlagener sein, als ich mich gerade fühlte? Nicht nur, dass ich scheinbar ein offenes Buch war, nein, ich war auch nicht in der Lage zu erkennen, wer mir Gutes wollte und wer nicht. Wie sonst konnte ich mir erklären, dass ich nicht früher zu ihr gegangen war und sogar Angst gehabt hatte, ihr mein Geheimnis anzuvertrauen? Ihr, die menschliche Artefakte sammelte wie Security Guards Verbrecher.

Nun gut, jetzt hatte ich keine Angst mehr, ihr den Grund zu nennen, also tat ich es einfach.

»Maggie, ich habe einen Menschen versteckt.« Maggie sagte nichts.

Ich beobachtete sie einen Moment. Ihr Blick war ausdruckslos.

»Maggie?«, fragte ich, nun doch etwas besorgt.

Sie blinzelte einige Male schnell hintereinander.

»Ähm, noch mal bitte?«

»Ich habe«, wiederholte ich, nun etwas langsamer, »einen Menschen versteckt.«

Ihr Mund öffnete sich weit, ohne dass ein Ton herauskam. Dann schloss sie ihn wieder. »Nicht dein Ernst?«

Ich sah sie schweigend an.

Sie wandte sich verwirrt zu den Fenstern, wahrscheinlich um sich zu vergewissern, dass das Café wirklich abgedunkelt war und uns niemand hören konnte. Dann stand sie auf und hob die Hände. Sie ballte sie zu Fäusten, kniff die Augen zusammen und kreischte, mit den Armen wedelnd, in sich hinein. Als sie damit fertig war, kam sie zu mir. Sie nahm meine Handgelenke und zog mich hoch.

»Du musst ihn mir unbedingt vorstellen! Wo ist er? Oder vielleicht sie? Ist es ein Mann oder eine Frau? Oder vielleicht ein Kind? Wie alt ist er? Oder sie? Wie kam es dazu? Oh, ich will alles wissen, alles!«, schrie sie fast vor Begeisterung.

Erst als sie bemerkte, dass ich ihre Euphorie in keiner Weise teilte, wurde auch sie wieder ruhig. »Was?«, fragte sie.

»Das ist auch ein Grund, weshalb ich geweint habe«, erklärte ich. »Ich hab ihn verloren.«

»Was? Oh nein«, sagte sie. »Wie das?«

»Wir waren draußen unterwegs und haben nach einem Weg nach oben gesucht, als wir in eine Menge Leute und Wachposten gerieten, und da hab ich ihn aus den Augen verloren. Ich hab das Gebiet abgesucht, konnte ihn aber nirgends finden. Oh, Maggie, was ist, wenn sie ihn erwischt haben?«

Meine beste Freundin schüttelte den Kopf und drückte meine Hände. »Daran darfst du gar nicht erst denken, Süße.«

»Aber-«

»Nichts aber«, unterbrach sie mich. »Es geht ihm gut. Und wir finden ihn.«

»Wie denn?«

Sie nahm meine volle Kakaotasse, ging damit

hinter den Tresen und füllte den Inhalt in einen Becher zum Mitnehmen. Dann zog sie ihr Datapad hervor und stellte den Becher auf den Tresen.

»Zuerst gehen wir zu dir nach Hause.«

Wenig später hatte Maggie das Café abgeschlossen und wir fuhren in einem Hovercar Richtung ›Blutbrötchen‹. Inzwischen war es dunkel geworden im Bahnhof. Nur die Nachtlichter spendeten etwas Licht.

»Wir finden ihn«, wiederholte meine beste Freundin ihre eigenen Worte.

»Ich weiß«, sagte ich, glaubte jedoch kaum daran und nahm einen Schluck von meinem Kakao.

Als wir ankamen und ich das Lager betrat, traf mich die Erinnerung an unser erstes Treffen wie ein Schlag. Beinahe wäre ich wieder in Tränen ausgebrochen, da hörte ich eine wohlbekannte, tiefe Stimme.

»Rain?«

Ich drehte mich ganz langsam um.

Da stand er in meinem Tor. Unversehrt. Schwarze Lederjacke, zerrissene Jeans, Lederhandschuh über der rechten Hand, braunes, leicht zerzaustes, lockiges Haar. Als wären wir gar nicht getrennt gewesen.

Ich wollte so vieles sagen, doch schon wieder zitterte meine Unterlippe. Ich schluckte alle Worte herunter, anstatt sie zu schluchzen und zu stammeln. Ich konnte meine Augen nicht von ihm lösen. Im Augenwinkel sah ich, dass Maggie ihn ebenfalls stumm musterte. Weiterhin wortlos nahm ich mein Datapad und schloss damit das Tor. Es setzte sich in Bewegung und Aidan trat einen Schritt ins Gebäude. Kaum war es unten angekommen, stürmte ich nach vorn und fiel ihm um den warmen Hals.

»Du bist so ein Idiot!«, schluchzte ich in sein Shirt.

»Das höre ich nicht zum ersten Mal«, sagte er amüsiert.

»Das ist nicht witzig!«

»Ich weiß, es tut mir leid. Ehrlich.« Er drückte mich sanft an sich.

Einen kurzen Moment sog ich seinen köstlichen Duft ein, dann löste ich mich von ihm und sah zu ihm auf. Seine dunklen Augen strahlten nach wie vor Ruhe aus. Er strich mir mit dem Daumen die Tränen aus dem Gesicht.

»Wo bist du gewesen?«, wollte ich nun wissen.

»Da waren so viele Leute und Wachmänner. Als ich weggeschoben wurde und dich aus den Augen verlor, hab ich mich schnell versteckt. Und als sie dann alle fort waren und ich mein Versteck verlassen konnte, warst du nicht mehr da. Es tut mir leid, dass du dir Sorgen gemacht hast. Das wollte ich nicht.«

»Mach das bitte nie wieder«, bat ich.

»Ich gebe mein Bestes. Aber ich scheine dazu zu neigen, diejenigen, die mir etwas bedeuten, zu verlieren, wenn ich mich verstecken will.«

Seine Worte ließen mein Herz kurz hüpfen.

»Und wer ist das?«

Ich drehte mich in die Richtung, in die er schaute. Maggie stand dort noch immer schweigend und starrte ihn an.

»Oh«, sagte ich, nahm seine Hand und zog ihn etwas näher zu meiner besten Freundin. »Maggie, das ist Aidan. Aidan, Maggie. Meine beste Freundin.«

»Hi, freut mich deine Bekanntschaft zu machen«, sagte er.

»Mich ebenso«, antwortete Maggie ungewohnt leise und tief.

»Sind deine Fragen jetzt beantwortet?«, fragte ich sie neckisch.

»Größtenteils«, antwortete sie.

Ich spürte wie Aidans nackte linke Hand über meinen Rücken strich. Ich mochte das Gefühl. Maggies Augen wanderten von mir zu ihm und wieder zurück.

»Gut«, sagte sie dann. »Wo du ihn jetzt gefunden hast, habt ihr euch bestimmt viel zu erzählen. Ich muss dann auch wieder zurück. Ich hab das

Café vorhin gar nicht richtig aufgeräumt.«

»Ähm, okay«, antwortete ich überrascht. Warum war sie plötzlich so in Eile?

»Wir sehen uns dann morgen, Rain. Ja?«

»Ja«, sagte ich.

»Okay. Ciao, Aidan.«

Ich ließ das Tor so weit hochfahren, dass Maggie gebückt darunter durch gehen konnte, dann schloss ich es wieder. Im nächsten Augenblick umfasste Aidan meine Hand. Ich sah fragend zu ihm auf. Er lächelte.

»Ich bin müde. Lass uns nach oben gehen«, flüsterte er.

Ich nickte stumm.

In meiner Wohnung schloss ich die Tür ab, bevor ich das Licht einschaltete. Hinter mir hörte ich, wie er seine Lederjacke auszog, während ich, den Blick zur Tür gewandt, verharrte. Ich spürte etwas in der Luft. Es war etwas, was ich zuvor noch nie gespürt hatte, eine seltsame Spannung, die sich wohl bald entladen würde.

Wir hatten die letzten Wochen auf engstem Raum miteinander verbracht. Es war nicht so, dass wir uns gar nicht kannten. Dennoch, er war ein Mensch, ich ein Vampir. Eine Beziehung zwischen uns war in der Gesellschaft verpönt.

Nein.

Das hier war *mein* Leben.

Meine Wohnung.

Mein Körper.

Meine Gefühle.

Ich drehte mich um und sah ihn an. Er kam wortlos auf mich zu. Dann legte er seine Hände in meine und hob sie über meinen Kopf. Mit seinem ganzen Gewicht presste er mich gegen die Tür und seine Lippen auf meinen Mund. Sie waren noch wärmer als seine Haut und er wusste sie sehr gut einzusetzen. Ich schloss die Augen und erwiderte seinen leidenschaftlichen Kuss.

Seine Hände glitten aus meinen. Die Linke schob sich langsam unter mein Shirt, die Rechte hinter meinen Rücken. Ich genoss seine Berührungen, die Wärme auf meiner Haut.

Mit der ledernen Hand hinter meinem Rücken übte er sanften Druck aus, als er sich langsam rückwärts bewegte. Ich folgte seiner Bewegung. Vor der Couch drehten wir uns, bis ich mit dem Rücken zu ihr stand, dann zog er mir das Shirt und den BH aus und entledigte sich ebenfalls seines Shirts. Er ließ mich tiefer gleiten und küsste mich erneut, sodass ich schließlich den samtenen Couchbezug auf meiner nackten Haut spürte.

Es war das erste Mal, dass ich mit einem Mann intim wurde. Zumindest das erste Mal, an das ich mich erinnern konnte. Aber ich hatte viele Filme gesehen und gab mir Mühe, mir meine Unsicherheit nicht anmerken zu lassen.

Während er vor der Couch stand und sich nach vorn beugte um mich zu küssen, stützte er sich mit seinen muskulösen Armen links und rechts von meinem Oberkörper ab. Ich machte mich daran, die Knöpfe und den Reißverschluss seiner Jeans zu öffnen. Als mir das nicht gelang, lachte er leise, zog sich zurück und stellte sich aufrecht hin, um sich selbst aus seinen restlichen Kleidungsstücken zu befreien.

Ich sah, nun doch ein wenig unsicher, zu ihm auf.

»Alles okay?«, fragte er.

Ich nickte.

Er lächelte mich sanft an, dann zog er mir mit geübten Fingern die Hose und den Rest meiner Unterwäsche aus. Ich hatte keine Zweifel, dass er in dem Punkt weit mehr Erfahrung hatte als ich, doch buchte ich das als Vorteil für mich ab.

Ich rutschte ein wenig auf der breiten Liegefläche zurück und zog die Beine an, er legte sich dazwischen und streichelte sanft mein Haar.

»Du bist wunderschön«, hauchte er mir ins Ohr.

Ich schloss die Augen und strich mit den Händen über seinen Rücken, fuhr die Muskeln und Narben mit den Fingern nach, während er mich behutsam liebte. Die Schmerzen dauerten glücklicherweise nicht lange an, dann gingen sie in nichts weiter als puren Genuss über. Ich hatte einmal gelesen, pures Blut sei vergleichbar mit heißer Liebe. In diesen Minuten konnte ich mir vorstellen, dass dem so war. Und doch, ich würde Aidans Leidenschaft jedem Tropfen Blut vorziehen.

Danke, Maggie

Ich erwachte in seinen Armen.

»Guten Morgen«, sagte er mit seiner leicht kratzigen, tiefen Stimme.

»Morgen«, gab ich zurück und kuschelte mich enger an seine warme Brust. Wir waren noch immer splitterfasernackt.

»Ich hoffe, du hast gut geschlafen«, sagte er.

»Unglaublich gut«, ließ ich ihn wissen.

Er lachte leise.

Draußen wich gerade das Nachtlicht der Tagbeleuchtung.

»Weißt du«, flüsterte ich nach ein paar Minuten absoluter Stille. »In alten Vampirfilmen vermissen Vampire immer die Sonne. Ich empfinde das gar nicht so. Was ich gern auf meiner Haut spüren würde, ist kein Sonnenlicht, sondern echten, natürlichen Regen.«

Aidan erhob sich etwas und sah mich an. »Wirklich?«

Ich nickte verträumt und lächelte leicht. »Ich kann mir nichts Schöneres vorstellen, als an einem lauen Sommerabend durch den Regen zu spazieren, die Tropfen auf der Haut zu spüren, den Geruch von regenreiner, sauberer Luft in der Nase. Davon hab ich zumindest mal gelesen.«

»So gesehen ist das wirklich schön, ja. Für mich war es immer selbstverständlich, deshalb hab ich wohl nie wirklich darüber nachgedacht.«

»Ich schon. Ich werde nie im Regen tanzen. Alles, was mich an Regen erinnert, ist mein Name. Deshalb hab ich ›Rain‹ für mich ausgesucht.«

»Du hast ihn dir selbst ausgesucht?«

»Ja«, sagte ich.

Er drückte mich fester und küsste mein Haar. Eine Weile lagen wir noch schweigend da und genossen die Nähe des Anderen. Ich fuhr mit den Fingern über die Muskeln an seinem Oberarm, bis sie schließlich auf dem Leder ruhten. Er hatte von einem Unfall gesprochen. Dass er etwas abdecken wollte. Ich hatte seine Narben letzte Nacht gespürt. Jede Einzelne. Was für eine Narbe mochte diese sein, dass er sie niemandem zumuten wollte?

»Möchtest du mir das immer noch nicht zeigen? Sieht es so furchtbar aus, dass du den Handschuh nicht mal im Dunkeln ausziehen möchtest?«, wagte ich ihn nun endlich zu fragen.

Wieder ein leichtes Lachen. »Nein, nein. Das ist es nicht.«

»Was ist es dann?« Seine Antwort machte mich nur noch neugieriger.

»Ich habe den Handschuh letzte Nacht angelassen, um dich zu schützen, Rain.«

»Um mich zu schützen?«, wiederholte ich.

Er rückte etwas von mir ab und zog sich mit der gesunden Hand den Lederhandschuh aus. Zum Vorschein kam etwas, das ich noch nie zuvor gesehen hatte. Seine rechte Hand war eine Prothese. Sie funkelte im einfallenden Licht. Ich wollte sie anfassen, aber er hielt mich davon ab, indem er mein Handgelenk mit seiner echten Hand umfasste. »Nicht! Das ist reines Silber«, mahnte er eindringlich.

Ich zog meine Hand zurück und starrte weiter auf seine Prothese. Reines Silber. Darauf reagierten wir hochallergisch. Ich hatte es bisher nur auf Bildern und in Filmen gesehen, jedoch nie in natura. Wahrscheinlich hatte ich es deshalb auch nicht erkannt. Eine Berührung, so hieß es, brenne wie Feuer. Würde man es länger berühren, würde es sich einbrennen, als presse man ein glühendes Eisen auf die Haut. Durchbohrt man einen Vampir damit, führt das zu tiefen, sich entzündenden Wunden, die bis zum Tod führen, wenn man nicht rechtzeitig ein Antidot bekäme.

»Es war kein Unfall«, sagte er. Während wir beide das Silber betrachteten, begann er zu erzählen. »Ein Vampir, der mir den Arm abgerissen hat. Als man mir eine Prothese anbot, habe ich mich für das Silbermodell entschieden. Im Grunde ist es eine versteckte Waffe. Ich dachte, wenn mir einer meine Körperteile nimmt, kann ich dem einen oder anderen vielleicht auch etwas nehmen oder wenigstens meine Familie damit schützen.«

»Ich verstehe«, sagte ich.

Er zog sich den Handschuh wieder über, dann legte er seine Hand auf meine Schulter. Ich zuckte zusammen, woraufhin er sie sofort wieder zurückzog. »Es tut mir leid«, sagte er etwas niedergeschlagen.

»Das muss es nicht. Mir tut es leid, dass ich so schreckliche Artgenossen habe.«

Damit stand ich auf und zog mich an. Er blieb liegen und beobachtete mich. »Ich muss runter«, sagte ich, nachdem ich einen kurzen Abstecher ins Bad gemacht hatte. »Meine Kunden wollen ihre Brötchen.«

»Viel Spaß«, wünschte er mir.

Ich gab ihm zum Abschied ein kleines Küsschen auf die Lippen, damit er nicht in dem Glauben, ich sei verstimmt oder sauer auf ihn, hier auf mich warten musste.

* * *

An diesem Morgen geschah nichts Ungewöhnliches. Einer nach dem anderen betraten sie meine Bäckerei, dann gingen sie mit einer Tüte wieder hinaus. Aber kurz vor Ladenschluss kam Maggie, die sich wieder auf den Barhocker vom letzten Mal setzte.

»Gut geschlafen?«, stellte sie mir die gleiche Frage wie Aidan wenige Stunden zuvor.

»Jap«, antwortete ich nur. Details brauchte sie offensichtlich nicht. Maggies verschmitztes Grinsen verriet mir, dass sie wusste, was letzte Nacht passiert war. »Warum hattest du es gestern so eilig?« Ich begann die Theke zu putzen, während sie mich weiter angrinste.

»Ich dachte, ihr wollt euer Wiedersehen bestimmt gebührend feiern.«

»Das haben wir«, sagte ich.

Sie grinste mich über beide Ohren an.

Bei dem Gedanken an seine warmen Lippen auf meiner Haut wäre mir beinahe das Glas aus der Hand gerutscht, das ich gerade abtrocknete.

»Ist er oben?« Maggie riss mich aus meinen Erinnerungen.

»Ja«, sagte ich.

»Weißt du, ich hab darüber nachgedacht, wie er hier herunter gekommen sein und natürlich auch wieder hochkommen könnte. Dabei ist mir was eingefallen.«

»Ist es?«, fragte ich und hielt in meiner Bewegung inne. Das hätte ich mir ja gleich denken können: Da suchte ich wochenlang nach Anhaltspunkten und Maggie brauchte nur eine Nacht.

»Ja.« Ihre kurze Pause nach nur einem Wort ließ mich erahnen, dass sie recht weit ausholen würde. »Als die Zahl derer, die sich für eine Verwandlung entschieden, immer größer wurde und diese sich mehr und mehr in ihrer Freiheit eingeschränkt sahen, entschloss unsere jetzige Regierung sich dazu, einen Ort nur für die Vampire zu schaffen. Einen, an dem die Sonne nicht schien, der aber genauso offen und groß war wie die Welt, die sie vor ihrer Verwandlung gekannt hatten. Eine Welt im Untergrund. Man begann aber nicht bei Null, sondern dort, wo bereits gegraben worden war: in U-Bahn-Tunneln. Und als Erinnerung an das, was diese mal waren, befinden sich nun unter den meisten U-Bahnhöfen der Menschen unsere Bahnhöfe. Selbstverständlich verschloss man die Verbindung zwischen unserer und deren Welt, aber den einen oder anderen Übergang soll es wohl noch geben. Wie sonst sollten Vampire nach oben kommen, um die Menschen zur Blutabgabe zu zwingen?«

Ich brauchte einen Moment, um die Informationen sacken zu lassen. Maggie griff nach meiner Hand, die auf der Theke lag. »Rain, hier muss so ein Zugang sein.«

»Und wie sehen die aus?«

Maggie biss sich auf die Unterlippe. »Ich weiß es nicht, aber vielleicht weiß es mein Vater.«

»Ist der denn wieder da?«, fragte ich hoffnungsvoll.

Sie schüttelte den Kopf. »Nein, aber er hat einiges zurückgelassen, was uns helfen könnte.« Dann stand sie plötzlich auf.

»Was hast du vor?«

Sie drückte mich kurz. »Ich muss zuhause etwas suchen. Ich komme später wieder. Versprochen!«

»Ähm, okay.«

Sie stürmte aus meinem Laden und ließ mich einfach stehen.

* * *

Bis in den späten Abend warteten Aidan und ich in meiner Wohnung sehnsüchtig auf ihre Rückkehr. Natürlich hätten wir auch zu ihr gehen können, aber das Risiko war mir zu groß. So einen Schrecken wie den, der mir beim letzten Mal widerfahren war, wollte ich nie wieder erleben.

»Und deine Freundin kennt sich mit Menschen aus, sagtest du?«

»Als ihr Vater und sie nach der Verwandlung aufwachten, war seine Frau, Maggies Mutter, nicht bei ihnen, obwohl sie sich gemeinsam zu diesem Schritt entschlossen hatten. Man konnte ihnen auch keine Hinweise zu ihrem Verbleib geben, daher schlussfolgerte Maggies Vater, dass sie noch ein Mensch sein muss. Das Café, das sie eigentlich gemeinsam hatten führen wollen, rückte für ihn mehr und mehr in den Hintergrund und er machte es sich zur Lebensaufgabe, seine Frau zu finden. Zunächst hat er nur Informationen zu Menschen gesammelt, später Gegenstände. Jetzt ist er seit Monaten verschwunden und

Maggie vermutet, dass er nach oben gegangen sein könnte.«

Plötzlich vibrierte mein Pad. *Maggie.* Endlich. Ich ließ sie rein und sie setzte sich neben mir auf die Couch. Mitgebracht hatte sie nur eine kleine Tüte, aus der sie ein Buch zog. Es war komplett schwarz. Am unteren Rand hatte jemand von Hand die Buchstaben ›A. T. S.‹ draufgeschrieben. Die Seiten waren am Rand rot eingefärbt, sodass der Buchschnitt eine rote Fläche bildete. Das Markanteste daran war jedoch ein Schloss.

»Das ist Dads Tagebuch«, klärte meine Freundin uns auf.

Sie hob es hoch und zeigte auf das Schloss. »Das«, sie betonte den Artikel, »ist echtes Silber.«

Mein Mund öffnete sich leicht. Nie zuvor hatte ich Silber gesehen, und jetzt schon zweimal an nur einem Tag.

»Nett«, lobte Aidan.

»Hat er da etwa noch reingeschrieben?«, fragte ich.

»Nun«, sagte Maggie, griff in die Tasche und zog einen Zipfel schwarzen Stoffes hervor, umwickelte ihre Hand damit und fischte so nach einem kleinen Schlüssel. Damit öffnete sie das Tagebuch. »Man kann es leicht umgehen, aber es ist ein netter erster Schreck.«

»Ist Silber nicht verboten?«

»Das interessierte meinen Vater herzlich wenig. Wir haben zur Sicherheit auch das Gegenmittel eingelagert.« Mit diesen Worten schlug sie das Buch auf und blätterte zielsicher darin herum.

Ich warf einen Blick zu Aidan, der Maggie ebenfalls abwartend beobachtete.

»Hier«, sagte sie schließlich. Sie hielt uns das Buch aufgeschlagen entgegen. Auf zwei komplette Seiten verteilt hatte ihr Vater eine Karte des Bahnhofs skizziert. An mehreren Stellen waren Kreuze, die wiederum umkreist waren. Nur ein einziges Kreuz war ohne Kreis.

»Es war mein Vater, der die Sache mit dem Beginn der unterirdischen Arbeiten herausgefunden hat. Er hat daraufhin fieberhaft versucht herauszufinden, welche Stadt über unserem Bahnhof lag.«

»Eine ganze Stadt?«, fragte ich erstaunt.

»Ist dir mal aufgefallen, wie groß unser Bahnhof ist?«

Jetzt, wo sie es sagte, leuchtete es mir ein. Wir hatten vier große Ausgänge, einer in jeder Himmelsrichtung. Abgesehen von den Zügen gab es hier unzählige Geschäfte und sogar Wohnhäuser.

»Jedenfalls hat Dad es herausgefunden und sich einen alten Stadtplan besorgt, in dem er dann die U-Bahnhöfe markierte. Ich gehe davon aus, dass er die mit den Kreisen erfolglos abgesucht hat, aber«, sie zeigte auf das kreislose Kreuz, »dieser eine ist noch übrig. Entweder er kam nicht mehr dazu ihn zu untersuchen oder nicht mehr dazu, ihn zu beschriften, weil er von seiner Suchaktion an diesem Punkt nicht mehr zurückgekehrt ist.«

»Seit wann weißt du das?« Es war das erste Mal, dass Aidan sich mehr als einsilbig zu Wort meldete.

»Ich hab das Tagebuch erst vor Kurzem gefunden. Ich hatte mir vorgenommen, selbst mal zu der Stelle zu gehen, aber ich hatte Angst.« Ihre Stimme wurde zittrig. Sie sah kurz nach oben. Ihre Augen glänzten und es war offensichtlich, dass sie mit den Tränen kämpfte. »Ich meine, noch habe ich die Hoffnung, dass das ein Anhaltspunkt ist. Was, wenn da nichts ist? Dann stehe ich wieder vor dem Nichts. Und wenn da was ist, was soll ich dann tun? Ich bin einfach furchtbar schlecht in solchen Dingen. Ich bin keine, die das Abenteuer sucht. Ich will doch einfach nur mein kleines Café und meine Familie zurück. Mehr nicht.«

»Ach, Maggie, es tut mir so leid«, sagte ich. Ich hatte sie immer für ihre Stärke bewundert. Ihr Vater war von einem Tag auf den anderen verschwunden und sie hatte einfach weiter gemacht, als wäre nichts geschehen. Nicht einmal Hilfe hatte sie sich geholt, aus Angst er täte etwas Verbotenes und es brächte ihn in Gefahr, wenn jemand von seinem Verschwinden erfuhr. Abgesehen von mir wusste niemand, dass sie keine Ahnung hatte, wo er abgeblieben war. Wenn jemand nach ihm fragte, hatte sie immer erzählt, dass er eine längere Reise machte.

»Ist schon gut«, antwortete Maggie und wischte sich die Tränen mit dem Handrücken ab. Dann griff sie in ihre Tasche und zog den Stoff von eben heraus. Sie wandte sich an Aidan. »Ich kann meinen Dad nicht suchen, aber vielleicht kannst du, wenn du wieder zuhause bist, etwas über ihn herausfinden?«

Er nickte. »Das tue ich.«

»Danke.« Ihre Unterlippe zitterte. »Und wenn du ihn findest, sag ihm, dass ich ihn sehr vermisse und dass er bald wieder nach Hause kommen soll, ja?«

»Sehr gerne«, sagte er.

»Und du«, sie drehte sich zu mir und reichte mir den schwarzen Stoff. »Du nimmst das hier.«

Ich faltete ihn vorsichtig auseinander. Es war

eine Art Umhang und fühlte sich sehr weich und dennoch griffig an.

»Es ist ein spezieller Stoff, den mein Vater entwickelt hat. Er soll vor UV-Licht schützen. Ich konnte ihn nicht testen, aber Dad hat immer einen davon eingepackt, wenn er ging. Er muss sich also sicher gewesen sein, dass er funktioniert. Versprich mir nur, dass du bald wiederkommst«, sagte Maggie und nahm meine Hände in ihre.

»Versprochen.«

* * *

In dieser Nacht liebten wir uns zum zweiten Mal. Ich genoss jede Sekunde mit ihm umso mehr, da mir klar war, dass es die letzte Nacht sein konnte, die mir noch mit ihm blieb. Ich erinnerte mich noch gut daran, wie ich ihn zu Anfang am liebsten früher als später nach draußen geschoben hätte. Jetzt war ich froh, es nicht getan zu haben. Froh, sämtliche Gesetze gebrochen zu haben.

Auf mein Gewissen gehört zu haben und vor allem, an diesem Tag mein Tor nicht verschlossen zu haben. Denn so war der erste Mann in mein Leben getreten, der mich ganz und gar in seinen Bann zu ziehen vermochte. Er füllte eine Leere in meinem Leben, derer ich mir bis dato gar nicht bewusst gewesen war.

Ich hatte meine Bäckerei gehabt und meine Freunde, aber alle Männer, die mir den Hof gemacht hatten, hatte ich zurückgewiesen. Wohlwissend, dass ich mit ihnen nicht glücklich werden würde. Irgendetwas hatten sie alle an sich gehabt, das mich abgeschreckt hatte. Ich wusste nicht, was Aidan dagegen an sich hatte, das mich anzog. Er roch gut, keine Frage, doch menschliches Blut hatte mich noch nie interessiert. Vielleicht war es das Fremdartige an ihm oder die Tatsache, dass er mich nicht verurteilte. Ich konnte bei ihm sein, wie ich wirklich war.

Am liebsten hätte ich ihn weiter hier versteckt, aber so sehr ich mir das auch wünschte, ich wusste, jeder Tag, den er bei mir verbrachte, erhöhte das Risiko, dass er seiner Familie zu spät zu Hilfe kam. Ich wollte nicht dafür verantwortlich sein, dass ihnen etwas geschah.

»Hast du Angst?«, fragte ich ihn, als wir schlaflos nebeneinanderlagen, mein Kopf auf seinem Oberarm.

Er schwieg einige Sekunden, ehe er schluckte und dann nickte. »Ja.«

»Hmm ...«, murmelte ich nur.

Er drehte sich auf die Seite, sah zu mir runter und legte seine Hand auf meine, die auf meinem Bauch lag. »Aber nicht aus dem Grund, den du dir wahrscheinlich denkst. Ich habe keine Angst vor den Wachen. Ich habe Angst, nach Hause zu kommen und festzustellen, dass ich zu spät komme.«

Ich zog meine Hand unter seiner hervor und legte sie an seine Wange. »Es geht ihnen bestimmt gut.«

»Das hoffe ich«, sagte er. »So sehr.«

Ich kuschelte mich wieder an ihn und er legte seine Arme um mich und sein Kinn auf mein Haar. Dann schloss ich die Augen und sog seinen Duft ein.

Nach ein paar Minuten, die viel zu schnell vergingen, ließ er mich los. »Es ist Zeit.«

Ich nickte und sah ihn noch einen Moment lang an, ehe ich aufstand, um mich anzuziehen.

Wir packten nur das Nötigste ein. Eine gute Ration Brötchen und etwas Wasser. Ansonsten ging er, wie er gekommen war. Ohne Hab und Gut. Nur mit dem, was er am Körper trug. Ich warf mir den Umhang um die Schultern, setzte jedoch die Kapuze nicht auf. Bevor wir die Treppe hinunter gingen, warf Aidan noch einen wehmütigen Blick zurück in meine Wohnung.

»Bereit?«, fragte ich.

»Bereiter werde ich nicht mehr«, gab er zurück.

* * *

Ich hatte ein Foto der Karte von Maggies Vater auf meinem Datapad gespeichert. Damit fanden wir ohne Schwierigkeiten zur markierten Stelle. Es war noch mitten in der Nacht, die Lichter gedimmt und niemand auf den Straßen. Keiner kam uns entgegen, abgesehen von zwei oder drei unbesetzten Hovercars.

Das Ziel war unscheinbar. Es war eine Ecke des Bahnhofs, in der fast nur Wohneinheiten lagen. Hier und da schmückte eine falsche Pflanze die ansonsten recht schlichte Anlage. Nirgendwo ein Hinweis oder eine Treppe. Warum auch, schließlich war der Aufgang entweder geheim und sollte von normalen Personen nicht gefunden werden, oder nicht einmal die Regierung wusste davon. Beim Ersteren wäre hier vermutlich mehr Wachpersonal, also schloss ich auf Letzteres. Was allerdings auch voraussetzte, dass er schwer zu finden war.

»Kommt dir etwas bekannt vor?«, fragte ich.

Aidan schüttelte den Kopf.

»Nein, da klingelt nichts.«

Wir suchten fieberhaft die Gegend ab, lugten in Schaufenster und in Gassen hinein. Als wir eine Stunde erfolglos im Kreis gelaufen waren, war ich drauf und dran, aufzugeben da winkte Aidan mich plötzlich zu sich.

»Rain«, sagte er so laut wie unsere Aktion es ihm gegenwärtig erlaubte. »Schau mal.«

Sofort eilte ich zu ihm rüber. Er lugte, die flache Hand wie einen Schild senkrecht über den Augenbrauen, in das Schaufenster eines verlassenen Einkaufszentrums.

»Was ist?«, fragte ich.

»Schau mal da rein.«

Ich tat es ihm gleich und warf einen Blick in das leer stehende Gebäude. Ich sah nichts weiter als alte Poster an den Wänden, die teilweise abgerissen waren und mal für Hygiene-Produkte geworben hatten. Wahrscheinlich hatte sich der Laden nicht gehalten, weil vollwertige Vampire kaum Hygiene nötig hatten. Wir schwitzten nicht, unser Haar brauchte keine Wäsche, unsere Haut keine Cremes.

»Da. Die Treppe«, sagte er.

An der hinteren Wand führte eine Rolltreppe nach oben. Sie war wahrscheinlich seit Ewigkeiten nicht mehr in Bewegung.

»Das da am Geländer ist Rost. Rost entsteht durch Witterung, durch Feuchtigkeit.«

Das leuchtete mir ein. Wir hatten zwar so gut wie keine Gegenstände mehr, die überhaupt rosten konnten, aber ich hatte schon einmal davon gehört. Feuchtigkeit war noch kein ausreichendes Indiz, aber dessen war er sich wohl bewusst.

»Das Grüne sieht aus wie Moos«, stellte er weitere Vermutungen an.

»Die Pflanze?«, hakte ich erstaunt nach.

Er nickte aufgeregt. »Feuchtigkeit kann es auch hier unten geben. Moos wächst zwar auch im Schatten, doch braucht es indirektes Sonnenlicht. Keine Pflanze kann ohne UV-Licht leben. Hier muss also bei Tag irgendwo Licht einfallen, wenn auch nicht viel.« Er griff nach meiner Hand. »Lass uns da reingehen.«

»Aidan«, sagte ich etwas überrumpelt.

Ich wollte ihm gerade sagen, dass wir nicht so einfach in ein Gebäude einbrechen konnten und möglicherweise Aufmerksamkeit erregen würden, da öffnete er einfach die Vordertür.

»Warum ist die Tür offen?«, fragte ich verdutzt.

»Wahrscheinlich hat Maggies Vater diese Arbeit schon für uns erledigt.«

Aidan trat ein und ging vorsichtig auf die Treppe zum ersten Stock zu. »Du bleibst hier.«

Während er hinauf ging, blieb ich unten stehen. Ein Rundumblick verriet mir, dass dies nicht die einzige Treppe nach oben war. In den oberen Stockwerken waren jeweils zwei weitere angebracht. Hinter mir war das zwar dreckige, jedoch ansonsten ungeschützte Schaufenster. Ich wollte nicht, dass mich jemand sah, also hielt ich es für besser, Aidan doch zu folgen. Ich zog meine Kapuze über den Kopf und teilweise ins Gesicht und machte vorsichtig einen Schritt nach dem anderen, immer weiter die Treppe hinauf.

Im zweiten Stock angekommen, wäre ich fast gegen Aidan gelaufen. Er stand am Rand der Rolltreppe und starrte auf eine noch mitgenommenere zweite, an derer letzten Stufe sogar ein zartes Pflänzlein wuchs. Kurz dachte ich daran, es Maggie zu bringen, doch dazu würde ich nachher auf dem Rückweg bestimmt noch Zeit haben, also ließ ich es stehen.

Im obersten Stockwerk ragte schließlich eine rostige Leiter Richtung Decke. Sie führte zu einem Loch in der Decke, das mit einem Gitter versperrt war. Unter ihrer letzten Stufe hatte sich gar eine Pfütze gebildet. Aidan stand direkt vor der Leiter.

Er warf mir kurz einen Blick zu, dann atmete er einmal tief ein und wieder aus und setzte sich erneut in Bewegung. Sprosse um Sprosse stieg er die Leiter hinauf. Ganz oben griff er nach den Gitterstäben, hob das gesamte Gitter aus der Verankerung und schob es beiseite, dann kletterte er durch das Loch nach oben.

Als ich seine Schuhe nicht mehr sehen konnte, ging ich vorsichtig auf die Leiter zu. Ich hielt kurz inne und schloss die Augen, dann setzte ich meinen Fuß auf die unterste Sprosse. Mein Herz pochte wild in meiner Brust, während ich vorsichtig einen Fuß über den anderen setzte. Zwei Sprossen waren noch übrig, da reichte Aidan mir die Hand und half mir hoch. Ich stellte mich schon darauf ein, gleich vor der Sonne in Deckung gehen zu müssen, und kniff die Augen zusammen.

Doch es passierte nichts.

»Hab' keine Angst«, flüsterte Aidan sanft.

Ich öffnete langsam die Lider. Wir standen inmitten eines mitgenommenen Gemäuers. Die Wände und der Boden waren feucht. Es roch sehr unangenehm.

»Jetzt erinnere ich mich wieder. Ich hab mich hier vor dem Chaos versteckt und als jemand sich dem Häuschen näherte, bin ich hier runtergestiegen. Es hat geregnet. Wahrscheinlich bin ich dann an der Leiter abgerutscht und die Treppe runtergefallen. Würde zumindest das hier erklären.« Er zeigte auf seine Stirn, wo die Wunde gewesen war. Selbst die Kruste war verschwunden und nur noch eine sehr kleine Narbe erinnerte daran, dass er sich mächtig den Kopf gestoßen haben musste.

»Wie auch immer. Da wären wir«, sagte Aidan. Es lag eine Mischung aus Freude und Trauer in seiner Stimme.

»Ja, da wären wir.« Ein Teil von mir freute sich, ihn wieder in seine Welt gebracht zu haben, denn hier gehörte er hin. Der andere – und dieser überwog – war tieftraurig, dass dies auch das Ende unserer gemeinsamen Zeit bedeutete.

Er wandte sich mir zu und nahm meine Hände. »Danke. Für alles.«

»Das war doch selbstverständlich.«

Er schüttelte vehement den hübschen Kopf.

»Nein, jeder andere da unten hätte mich vermutlich sofort verraten. Ich hatte verdammtes Scheißglück, bei dir zu landen.«

Ich sah etwas verlegen zu Boden. »Dann war es eben für mich selbstverständlich.«

»Ja, weil du anders bist. Du bist etwas Besonderes. Bewahr dir das für alle Zeit. Egal wie lange das noch sein mag.«

»Danke.« Ich spürte Tränen aufsteigen und wusste nicht, wie lange ich sie noch zurückhalten konnte.

»Nein, ich danke dir.« Er legte seine Hand an meinen Hinterkopf und gab mir einen kurzen, jedoch nicht minder leidenschaftlichen Kuss.

»Leb wohl, Rain.«

»Leb wohl«, flüsterte ich.

Dann ließen wir einander los. Er machte ein paar Schritte zurück, ohne seine Augen von mir abzuwenden. Ich drehte mich langsam um und kletterte wieder die Leiter hinab.

Unten angekommen, schloss sich das Gitter

über mir. Ich wusste jedoch, dass das nicht der Grund war, weswegen es sich hier unten nun um ein vielfaches düsterer und trostloser für mich anfühlte als noch wenige Minuten zuvor. Aber es hatte keinen Zweck. Es war das einzig Richtige. Also ging ich weiter, die Treppen hinab und dann raus aus dem bankrotten Geschäft.

Keine weitere Träne stahl sich mehr aus meinen Augen, während ich mich die Straße entlang schleppte. Ich fühlte mich leer, als ob ein Teil von mir jetzt da oben war, während ich hier unten bleiben musste. Ich wusste genau, was jetzt kommen würde. Ich würde zurück ins ›Blutbrötchen‹ gehen, tagein tagaus meine Waren verkaufen und die Abende in meiner kleinen Wohnung verbringen. Ab und zu würde ich zur Abwechslung Besuch von Maggie und Luca bekommen. Das war mein Leben. Es erschreckte mich, dass ich es bisher noch nie infrage gestellt hatte, und wunderte mich gleichzeitig, warum die Menschen sich so sehr nach ewigem Leben gesehnt hatten. Was brachte einem ewiges Leben, wenn man es derart monoton verbrachte? Nichts.

»Rain!«

Aus der Ferne hörte ich meinen Namen. Es war seine Stimme. Aber ich ignorierte es und ging weiter. Wahrscheinlich spielte mein Unterbewusstsein mir nur einen bösen Streich.

»Rain!« Das Rufen wurde lauter.

War das wirklich Aidans Stimme? Nein. Ganz sicher ein Streich.

»Rain! Warte!« Okay, das war jetzt aber wirklich sehr laut und sehr nah.

Ich drehte mich um und sah, wie er die Straße hinunter gerannt kam. Kurz vor mir kam er abrupt zu stehen und ergriff abermals meine Hände.

»Bist du wahnsinnig? Was ist, wenn dich jemand sieht?«

»Komm mit mir!«

»Was?« Hatte ich das gerade richtig gehört?

»Komm mit mir«, wiederholte er. »Lass es noch

nicht hier enden. Komm mit mir nach oben, Rain. Tanz für mich im Regen.«

Regentanz

Ich starrte ihn mit offenem Mund an. Im ersten Moment hielt ich ihn einfach für verrückt. Im zweiten begann ich jedoch, mich mit dem Gedanken anzufreunden. Was hatte ich zu verlieren? Ein trostloses, eintöniges Leben. Wenn ich mit ihm ging, hatte ich wenigstens etwas erlebt, woran ich mich für die Ewigkeit erinnern konnte. Und wenn man mich da oben fand?

Ja, was dann? Vielleicht sperrte man mich weg, vielleicht bekam ich auch nur eine Verwarnung.

Es war vermutlich schlimmer, wenn ein Mensch in unserer Welt gefunden wurde, als ein Vampir in der Menschenwelt.

»Rain?« Aidans Worte rissen mich aus meinen Gedanken.

»Okay«, sagte ich dann.

»Okay?« Er schien diese Antwort nicht wirklich erwartet zu haben. Aber seine strahlenden Augen verrieten, dass er sich freute.

»Okay«, sagte ich erneut, um seine Zweifel auszuräumen. Dann strahlten wir einander an.

Gemeinsam gingen wir zurück zur verlassenen Drogerie, stahlen uns ungesehen ins Gebäude und dann nach oben. Wieder half Aidan mir galant durch die Öffnung.

Bevor wir ins Freie traten, warf er einen prüfenden Blick hinaus. Währenddessen vergewisserte ich mich, dass der Umhang von Maggies Dad mich größtenteils bedeckte.

»Die Luft scheint rein zu sein. Die Essensausgabe dürfte schon vorbei sein. Komm«, sagte

Aidan, legte seine Hand an meinen Rücken und ging an meiner Seite nach draußen.

Mein erster Blick wanderte nicht zu den verlassenen Beton-Häusern überall um uns herum, sondern in den Himmel. Ich machte mich bereits auf brennende Augen gefasst, doch nichts geschah. Ich kannte diesen Zustand nur aus Filmen, aber es schien so, als wäre der Himmel ... bewölkt?

»Schnell«, mahnte Aidan. »In den Städten ist die Vampirdichte am höchsten.«

Er schob mich weiter durch die Straßen und warf verstohlene Blicke zu allen Seiten. Ich war es nicht gewohnt, mich wie ein gejagtes Tier zu fühlen, wurde aber recht schnell von seinem Verhalten angesteckt.

Was er als Stadt bezeichnete, war für mich nur eine verlassene Ruine. Die meisten Gebäude waren stark beschädigt. Kaum ein Fenster war noch ganz, bei manchen Häusern waren die hölzernen Türen eingeschlagen und lagen zersplittert im

Eingang. Obendrein war ein Großteil der Fassaden mit Graffiti besprüht worden. Das meiste davon Hassparolen gegen Vampire.

Wir kamen nur langsam voran. Es fühlte sich an, als wären Stunden vergangen, als wir uns dem Ende der Stadt näherten. Doch auch außerhalb sah es recht trostlos aus. Verdorrte Äcker, auf denen nichts gedieh, gelegentlich durchbrochen von kleineren Baumgruppen bis hin zu kleinen Wäldern. Erst als wir zu einer saftig grünen Wiese kamen, begann ich mir nach und nach der Schönheit bewusst zu werden, die man uns vorenthielt. Die zarten Bewegungen der Grashalme im Wind waren etwas, was ich zuvor noch nie gesehen hatte. Unsere künstlichen Pflanzen bewegten sich nicht. Wie auch? Es gab keinen Windhauch, der sie hätte streicheln können. Es waren diese kleinen Details, die mir unseren Verlust nach und nach begreiflicher machten.

Es war so, wie Aidan erzählt hatte. Kilometerlang kam uns niemand entgegen. Nach Stunden der Stille hörten wir dann plötzlich ein lautes Dröhnen, woraufhin wir in einem nahen Gebüsch in einer Baumgruppe in Deckung gingen. Wieder etwas, was ich nur aus Filmen kannte: ein Helikopter.

»Sie kundschaften manchmal die Gegend aus. Ich hab noch nie einen landen sehen, aber es ist besser, wenn sie gar nicht erst merken, dass man hier ist.«

Als wir sicher waren, dass sie weit fort waren und nicht mehr umdrehen würden, krabbelten wir vorsichtig aus dem Grünzeug. Wenn Maggie diese Blätter hätte fühlen dürfen, wahrscheinlich hätte sie vor Freude gequietscht.

»Es ist jetzt nicht mehr weit«, sagte Aidan.

Plötzlich spürte ich etwas auf meinem Handrücken. Ich warf einen Blick darauf und sah einen kleinen Wassertropfen. Dann folgte noch einer und noch einer.

»Aidan«, flüsterte ich erwartungsvoll.

Er strahlte mich an. »Ja, es regnet.«

Ich sah begeistert nach oben und ließ Tropfen um Tropfen auf mich herabrieseln. Zunächst waren es nur ein paar, dann mehr und mehr.

»Wahnsinn!«, rief ich.

Die Arme ausgestreckt, mit dem Gesicht gen Himmel, drehte ich mich lachend im Kreis. Einige Tropfen landeten auf meiner Zunge. Es schmeckte anders als das Wasser, das aus unseren Leitungen kam, natürlicher und leicht säuerlich. Als der Regenschauer seinen Höhepunkt erreichte, blieb ich stehen, schob die Kapuze vom Kopf und schloss die Augen. Das Wasser ran über mein Gesicht und tropfte mein Kinn herab, es benetzte meine Kleider und mein langes Haar. Ich genoss diesen Moment, sog ihn ein wie meine Kleidung das Wasser.

Mit Schwächerwerden des Schauers ließ ich mich in das weiche grüne Gras fallen. Über mir wanderten Wolken in Grauschattierungen von einer Seite meines Blickfeldes zur anderen. Die einen waren fast weiß, die anderen tiefgrau. Es war so viel schöner und wunderbarer als unsere künstliche Welt. Oh, was wir alles aufgegeben hatten.

Ohne meinen Blick vom Himmel abzuwenden sah ich im Augenwinkel, wie Aidan sich zu mir legte und mich ansah.

»Bist du glücklich?«, fragte er nach einer Weile.

Ich löste meinen Blick von den wunderschönen Wolken und sah in sein ebenso hübsches Gesicht. »Ja. Und nein«, gab ich zu.

Er runzelte fragend die Stirn.

»Ich kann es nicht beschreiben, sorry.«

»Dann tu es nicht«, sagte er verständnisvoll. Er strich mit seiner warmen Hand durch mein nasses Haar. »Wollen wir weiter?«

»Sehr gerne«, antwortete ich, gespannt auf das, was noch vor mir lag.

Er half mir beim Aufstehen.

Dann nahm er mein Gesicht in seine Hände und küsste mein Haar, ehe er die Kapuze darüberzog. »Nun, da der Regenschauer vorüber ist, könnte die Sonne durch die Wolken brechen.«

Der Gedanke ließ mich aus zweierlei Gründen frösteln: Zum einen, weil ich Angst vor ihr hatte und zum anderen, weil ich mich auf sie freute.

»Hier lang«, sagte er und legte seine Hand abermals an meinen Rücken. Meine Hand konnte er nicht greifen, da ich sie unter meinem Umhang schützen musste.

Als wir weiter gingen, waren wir vom Duft des frischen Regens umgeben. Trotz unserer Vorsicht fühlte es sich für mich an, als wäre ich zum ersten Mal wirklich frei. Als hätte ich mein bisheriges Leben in einem Käfig verbracht. Einem goldenen zwar, doch ein Käfig bleibt nun mal ein Käfig.

Auf einer Anhöhe blieben wir schließlich stehen.

»Da wären wir«, sagte er.

Unterhalb der Anhöhe lag ein kleines Haus, umgeben von bestellten Äckern. Neben dem Häuschen standen ein großer Baum und in unmittelbarer Nähe ein sehr mitgenommenes Fahrzeug in Dunkelblau mit einer recht verrosteten Ladefläche.

Plötzlich öffnete sich die Haustür und ein kleines Mädchen mit dunkelblonden Zöpfen rannte mit einem kleinen zotteligen, bellenden Hund über die Wiese zwischen Haus und Acker.

»Cally« hauchte Aidan.

Dann hielt ihn nichts mehr. Er rannte den Hügel hinab. Man sah ihm förmlich an, wie all seine Sorgen von ihm abfielen, denn da war seine kleine Schwester und sie schien unversehrt.

»Cally!«, brüllte er auf halbem Weg, woraufhin das Kind stehen blieb und nach ihrem großen Bruder suchte. Als sie ihn fand, strahlte ihr kleines Gesicht.

»Aidan!«, rief sie zurück und kam ihm entgegen.

Er streckte die Arme aus, hob sie hoch und wirbelte sie lachend im Kreis.

»Du bist wieder da! Du bist wieder da!«, kicherte das Mädchen.

Erneut öffnete sich die Haustür und eine ältere, schlanke Frau trat heraus. Sie hielt sich zunächst fassungslos eine Hand vor den Mund.

»Aidan!«, kam es dann auch von ihr.

Aidan blieb mit seiner Schwester im Arm stehen. »Mutter!«, sagte er laut und setzte Cally ab, dann fiel ihm seine Mutter auch schon um den Hals und weinte.

»Wir hatten solche Angst«, wimmerte sie in sein Shirt.

»Alles gut Mutter, es geht mir gut«, tröstete er sie.

Sie löste sich von ihm, nahm sein Gesicht zwischen ihre Hände und sah zu ihm hinauf. »Wo bist du nur gewesen?«

»Das ist eine lange Geschichte«, antwortete er mit einem Lächeln.

Ich hätte mir gewünscht, sie alle länger beobachten zu können. Nun, da er seine Familie wieder hatte, strahlte er eine solche Glückseligkeit aus. Das wollte ich nicht stören. Doch der kleine

Hund machte mir einen Strich durch die Rechnung. Er sah mich am oberen Ende des Hügels stehen und bellte.

»Aidan, wer ist das?«, fragte das blonde Mädchen und stellte sich hinter ihren vierbeinigen Freund.

»Aidan?« Seine Mutter schloss sich der Frage an. Der Unterton in ihrer Stimme verriet, dass sie bereits ahnte, wer oder besser was ich war.

»Keine Angst, Mutter«, sagte er. Er ging hinüber zu seiner Schwester, hob den kleinen Hund hoch und legte ihn in ihre Arme. Zwar hörte das Tier auf zu bellen, ging aber stattdessen in ein leises Knurren über.

Aidan ignorierte den Hund, trat einen Schritt nach vorn und streckte die Hand aus, als wolle er mich zum Tanz auffordern. »Komm.«

Er rief es nicht, doch ich hörte ihn laut und deutlich. Ich warf noch einen prüfenden Blick auf die beiden hinter ihm. Seiner Mutter lag gesundes Misstrauen im Gesicht, seine Schwester schwankte zwischen Verwunderung und Neugierde. Dann jedoch konzentrierte ich mich ganz auf Aidan und ging zielsicher auf ihn zu, bis ich meine Hand in seine legen konnte. Er zog mich sanft zu sich, dann drehte er sich mit mir gemeinsam in Richtung seiner Familie.

»Mutter, Cally«, sagte er zu ihnen gewandt, ehe eine etwas sagen konnte. »Das ist Rain. Ich verdanke ihr mein Leben.«

Seine Mutter schwieg, deutete jedoch Richtung Haustür. Aidan nahm meine Hand und führte mich hinein.

Die Einrichtung war größtenteils zweckmäßig, doch hier und da fanden sich liebevolle Details. Etwa die blumigen Vorhänge, die an schönere Tage erinnerten und ein paar eingerahmte Fotos an den Wänden. Direkt hinter dem Eingang befand sich die Küche mit einer kleinen Küchenzeile und einem großen Esstisch. Auf ihm stand eine kleine Lampe, in der eine fast abgebrannte Kerze mit pechschwarzem Docht steckte. Dem

Tisch gegenüber war ein großer Torbogen, der ins Wohnzimmer führte, in dem ein mitgenommenes, dunkelrotes Sofa vor einem erloschenen Kamin stand.

»Setzt euch«, sagte Aidans Mutter und nahm am Kopfende des Tisches Platz.

Sie hatte dieselben braunen Augen wie ihr Sohn und etwas schütteres braunes Haar, das von silbernen Strähnen durchzogen war. Ihre Kleidung war ähnlich abgetragen wie die ihres Sohnes. Zwar befanden sich darin keine Löcher, hier und da war das Gewebe jedoch ziemlich durchgescheuert. Auf ihrem Shirt waren einige Flecken in verschiedenen Brauntönen.

Seine kleine Schwester trug eine gelbe, leicht ausgeblichene Bluse und eine kurze Latzhose. Auf die Vorderseite war eine kleine Tasche genäht, die mit einer Blume bestickt war.

Kaum dass sie ihren Hund auf dem Boden abgesetzt hatte, um sich ebenfalls an den Tisch zu setzen, stellte dieser sich vor mich und begann erneut damit mich anzuknurren.

»Cally, würdest du Hugo bitte in dein Zimmer bringen?«, bat ihr großer Bruder. Sie nickte, nahm ihr Hündchen abermals auf den Arm und torkelte mit dem zusätzlichen Gewicht die Treppe hinauf.

Aidan zog an einer Seite des Tisches einen der sechs Stühle für mich zurück. Nachdem ich mich gesetzt hatte, ließ er sich neben mir nieder und faltete die Hände über der Tischplatte, während ich meine zwischen die Oberschenkel legte.

»Erzähl, was ist passiert?«, fragte Aidans Mutter nach einem kurzen Augenblick der Stille.

»Nun, als ich in der Stadt ankam, war dort das pure Chaos. Ich glaube, es war irgendeine Art Aufstand.«

»Ja, davon haben wir gehört. Wir dachten schon, du hättest mitgemacht und sie hätten dich geschnappt«, sagte seine Mutter.

»Nein«, sagte er und schluckte. »Das konnte ich mir nicht leisten, so gern ich auch geholfen hätte.

Im Gegenteil, ich habe mich wie ein Feigling verkrochen, dabei bin ich eine Leiter und eine Treppe herunter gefallen und letztlich Unten aufgewacht.«

»Unten?«, wiederholte sie.

»Ja.« Er warf einen Blick zu mir, dann wieder zu ihr. »Ich muss so wirr im Kopf gewesen sein, dass ich einfach weiterging, statt umzukehren. Zum Glück war es Rains Zuhause, in dem ich mich versteckt habe.« Mit diesen Worten nahm er meine Hand. »Jeder andere da unten hätte mich vermutlich umgebracht oder verraten. Sie nicht. Sie nahm mich bei sich auf, sorgte für mich und half mir zurückzukommen.«

Seine Mutter starrte mich ungläubig an. Ich konnte nur ahnen, wie schwer es für sie sein musste, seinen Worten Glauben zu schenken.

»Du warst da unten bei den Spitzzähnen?« Seine Schwester kam die Treppe hinab gewirbelt und kletterte auf seinen Schoß, woraufhin er meine Hand losließ.

»Ja, Sonnenschein.«

»Wie ist es da?«, wollte sie wissen.

»Anders als hier. Sauber, aber sehr steril. Es gibt dort keinen Himmel, keine Sonne, keine Wolken, keine Erde, keine Pflanzen. Dafür sehr, sehr viel Technik. Die Autos fahren von ganz allein.«

»Das hört sich cool an«, antwortete sie. »Hast du auch spitze Zähne?«, wandte sie sich nun an mich.

»Ja«, sagte ich. Es fühlte sich seltsam an, zu den Bösen zu gehören.

»Zeig mal.« Die Art, wie sie mit mir umging, ließ mich vermuten, dass ihre Brüder sie sehr gut vor unsereins geschützt hatten. Vielleicht hatte sie noch nie einen aus der Nähe gesehen. Ich öffnete kurz den Mund.

»Hast du damit schon mal jemanden umgebracht?« Ihre Frage ließ mich kurz erstarren, kaum dass ich den Mund wieder geschlossen hatte.

Aidan nahm seine Schwester zärtlich am Kinn

und drehte ihren kleinen Kopf von mir weg und in seine Richtung. »Rain ist anders. Sie mag kein Blut.«

»Ist das so?«, kam es von seiner Mutter. Es lag noch immer eine gewisse Aggression in ihrer Stimme.

Aidan ließ seine Schwester los und sie krabbelte von seinem Schoß.

»Ja, Mutter. Sie trinkt nur, was nötig ist, um nicht zu verhungern.«

»Warum hast du dich dann verwandeln lassen?« Es war das erste Mal, dass sie das Wort direkt an mich richtete.

»Ich war das nicht. Ich meine, ich erinnere mich nicht mehr«, antwortete ich etwas beschämt.

»Bei der Verwandlung verlieren sie ihre Erinnerungen«, erklärte Aidan für mich. »Vielleicht war sie krank und musste es tun. Sie genießt es jedenfalls nicht Blut zu trinken, und sie hat mir in all den Wochen kein Haar gekrümmt, obwohl sie mehr als eine Gelegenheit dazu gehabt hätte.«

Seine Mutter seufzte.

»Ich weiß, wie schwer das für dich sein muss, Mutter. Du hast gesehen, was sie mit Vater gemacht haben. Aber so wie es böse Menschen gibt, gibt es auch gute Vampire. Und Rain ist einer davon. Bitte vertrau' mir.«

»Ich vertraue dir, mein Sohn und ich werde mir Mühe geben, auch ihr zu vertrauen.«

»Ich auch!«, warf Cally freudig ein.

Aidan wuschelte ihr durchs Haar, dann blickte er wieder finster zu seiner Mutter. »Wo ist Ben?«

»Unterwegs. Er kommt vermutlich erst in ein paar Tagen. Habt ihr Hunger?«

Die Bratkartoffeln von Aidans Mutter schmeckten so vorzüglich, dass ich zunächst keinen Gedanken daran verschwendete, was ich ohne Blut hier oben machen sollte. Erst als ich in der Nacht mit Aidan in dessen schmalem Bett lag, brachte er es zur Sprache.

»Hast du Hunger?«, fragte er flüsternd, während wir beide mit dem Gesicht zueinander auf der Seite lagen.

»Wir haben doch erst gegessen«, sagte ich in dem schwachen Versuch, nicht auf das Thema einzugehen.

»Du weißt, das meine ich nicht.« Keine Chance.

»Es geht mir gut, Aidan«, versicherte ich ihm. Im Moment entsprach das auch der Wahrheit.

»Okay«, sagte er und küsste mich leidenschaftlich, dann glitt ich nach diesem aufregenden Tag in seinen Armen ins Land der Träume.

Am nächsten Morgen wurde ich recht unsanft von einem starken Brennen geweckt. Ich sprang erschrocken aus den Laken und presste mich am anderen Ende des Zimmers gegen die Wand. Daraufhin saß auch Aidan plötzlich senkrecht im Bett und sah sich aufgeschreckt um. Als er mich an der Wand entdeckte und sich der Sonnenstrahlen auf Kissen und Decke bewusst wurde, brauchte er ein paar Sekunden um eins und eins zusammenzuzählen.

»Oh, das tut mir leid«, sagte er mit einem traurigen Lächeln. »Daran hab' ich nicht gedacht.« Er stand auf und gab mir einen zärtlichen Kuss auf die Wange. »Warte hier. Ich regle das.« Dann verließ er den Raum.

Ich ließ mich hilflos an der Wand hinabgleiten und setzte mich auf den Boden, sorgsam darauf bedacht, keinen der Strahlen zu berühren, die sich durch die Schlitze der hölzernen Fensterläden stahlen. Nach ein paar Minuten kam er mit einigen Holzbrettern und einem Hammer zurück. Ohne Erklärung begann er, die Schlitze zuzunageln, bis kein einziger Lichtstrahl mehr ins Zimmer schien.

»Fertig«, sagte er und legte den Hammer in eine Schublade.

»Danke«, antwortete ich.

Er schüttelte den Kopf. »Nichts zu danken, Süße.« Dann kam er wieder zu mir und küsste mich erneut. »Ich hole uns was zu essen.«

Doch nicht nur das Frühstück verlegten wir in sein Zimmer. Aufgrund des kräftigen Sonnenscheins verbrachte ich den ganzen Tag dort und auch Aidan ging selten nach draußen.

»Möchtest du nicht lieber bei deiner Familie sein?«, fragte ich, als wir gemeinsam in seinem Bett lagen und er mit seinen warmen Fingern meinen Oberarm streichelte.

»Nein«, antwortete er. »Es reicht mir zu wissen, dass es ihnen gut geht. Cally spielt draußen mit dem Hund. Meine Mutter höre ich in der Küche rumoren. Es ist alles in Ordnung.« Er legte seine Stirn an meine, sodass ich seinen heißen Atem spürte. »Ich möchte einfach nur hier sein. Bei dir.«

Dass ich irgendwann eingeschlafen sein musste, bemerkte ich erst, als ich wieder aufwachte. Neben mir schlummerte auch Aidan, bis ich ihn vorsichtig antippte.

Aus der Gewohnheit heraus griff ich nach meinem Datapad, um nach der Uhrzeit zu schauen. Es war das erste Mal seit meiner Ankunft, dass ich einen Blick darauf warf. Zwar zeigte es mir an, dass es bereits später Abend war, doch das war dann auch schon alles, zu was es scheinbar noch zu gebrauchen war.

»Kein Empfang«, murmelte ich.

Aidan lachte. »Na, was dachtest du denn?«

Ich zuckte mit den Schultern. Ehrlich gesagt, hatte ich keine Ahnung, was ich gedacht hatte. Vielleicht hatte ich gehofft, Maggie von hier zu erzählen und ihr ein paar Fotos schicken zu können. Oder Luca ein paar Nachrichten schreiben zu können, damit er keinen Verdacht schöpfte. Dass ich jetzt so gänzlich von meinem bisherigen Leben abgeschottet war, bedeutete, dass eine Flut an Notlügen auf mich zukommen würde. Aber fürs Erste schüttelte ich den Gedanken einfach ab. Ich war gerade erst angekommen, hatte kaum was von Aidans Welt kennen gelernt. Noch gab es nur das Hier und Jetzt.

»Wollen wir raus gehen? Die Sonne ist untergegangen.« Aidans Stimme ließ mich vom Bildschirm aufsehen.

Zum ersten Mal seit Monaten betätigte ich daraufhin den Power-Knopf meines Datapads, um es auszuschalten. Ich bezweifelte, dass ich hier eine Ladestation dafür finden würde und wer weiß wozu der Reststrom noch gut sein würde. Für das Ablesen der Uhrzeit war er jedenfalls zu schade.

»Ja, gerne«, antwortete ich, nachdem ich es in der Schublade seines Nachttisches verstaut hatte. Direkt neben dem Hammer.

Als wir nach draußen traten, schmeichelte lauer Wind meiner Haut. Ich mochte dieses neue Gefühl. Die einzigen Windzüge, die ich kannte, kamen von Elektrogeräten, einem Föhn oder einer Klimaanlage etwa.

Im Himmel sah ich tausende von Sternen leuchten. Sie funkelten um die Wette, einer heller als der andere. Doch keiner von ihnen leuchtete so hell wie der Mond, der sichelförmig auf uns herabschien.

Aidan legte einen Arm um meine Taille und zog mich zu sich heran, während wir zum Firmament emporblickten. »Bist du glücklich?«, stellte er die gleiche Frage wie am Vortag.

Bevor ich antwortete, sah ich noch eine Weile zu den Sternen. War ich bisher denn glücklich gewesen? War ich jetzt glücklicher? Es gab immer hier und da Dinge, die mich beschäftigt hatten. Doch bisher war ich der Überzeugung gewesen, mein Leben wäre so, wie es war, gut gewesen, was aber vermutlich einem Mangel an Alternativen geschuldet gewesen war. Und jetzt befand ich mich plötzlich mitten in der Alternative.

Aber war es das wirklich? Oder vielleicht doch nur ein kleiner Ausflug, der irgendwann ein Ende finden musste? Gedanklich schüttelte ich den Kopf. Nein, ich wollte doch im Hier und Jetzt bleiben. Und jetzt im Moment, jetzt war ich glücklich. Mit ihm, hier unter den Sternen.

»Ja«, beantwortete ich seine Frage. »Ja, ich bin glücklich.«

Aidan lächelte. »Das freut mich.« Dann stellte er sich vor mich und sah auf mich herab. Seine

Lippen öffneten sich leicht und ich wartete gespannt auf seine nächsten Worte, doch wurden wir vom Geräusch eines heranfliegenden Helikopters unterbrochen. Aidan sah in die Richtung, aus der das Dröhnen kam, dann legte er seine Hand an meinen Rücken und übte sanft Druck aus. »Lass uns lieber reingehen.«

Im Haus hatte seine Mutter bereits das Abendessen auf den Tisch gestellt. Der Großteil bestand aus Kartoffeln und anderem Gemüse.

»Hattest du einen schönen Tag, Aidan?«, fragte sie, während sie ihrem Sohn eine große Portion auf den Teller legte.

Ich nahm es ihr nicht übel, dass sie mich für das, was ich war, verurteilte. Ich hatte es nicht anders erwartet. Aber Aidan war sich sicher, dass sie ihre Meinung noch ändern würde.

»Hatten wir«, antwortete Aidan für uns beide.

»Es wäre schön, wenn du mir morgen mit dem Acker helfen könntest.«.

Aidan kaute bereits die ersten Kartoffeln.

»Klar«, sagte er mit vollem Mund.

»Habt ihr da unten auch so viel ekliges Gemüse?«, fragte mich seine kleine Schwester. Noch ehe ich jedoch etwas antworten konnte, tat dies ihre Mutter für mich.

»Natürlich haben sie das. Sie nehmen es von uns, mein Spatz«, mit diesen Worten klatschte sie etwas unsanft einige Kartoffeln auf meinen Teller.

»Sie haben kein UV-Licht, Mutter. Was sollten sie auch anderes tun?«, versuchte ihr Sohn, mich zu verteidigen.

»Das hindert sie nicht daran, selbst den Acker zu pflügen, zu sähen oder zu ernten. Sie können uns zu jeder Tageszeit für ›Ungehorsam‹«, sie betonte das Wort angewidert, »bestrafen, also können sie auch richtig arbeiten. Aber nein, sie lassen uns das machen, weil sie sich für was Besseres halten. Die Spitze der Nahrungskette. Und wenn wir nicht für sie arbeiten oder uns weigern, ihnen einen Großteil unserer Ernte zu geben, nehmen sie uns eben unser Blut. Und wenn wir ihnen das auch nicht geben, nehmen sie unsere Kinder oder gleich unser Leben.«

»Wem erzählst du das, Mutter?«, fragte er etwas entnervt.

»Ihr«, sagte sie und zeigte mit der Gabel auf mich. Ich wusste nicht, wie ich darauf reagieren sollte, also tat ich einfach so, als hätte ich es nicht gehört, geschweige denn gesehen und schnitt langsam eine dicke Kartoffel entzwei.

»Sie hat damit doch nichts zu tun. Oder verurteilst du einen Hund für das Töten eines Hasen, wenn der Jäger ihn darauf angesetzt hat?«

»Sie ist aber kein Hund. Sie kann offensichtlich selbst denken, sprechen und handeln.«

»So wie es bei uns normale Bürger gibt und solche, die für die Rebellion arbeiten, gibt es dort auch normale Bürger und solche, die für die Regierung arbeiten, Mutter.«

»Mag sein.« Ihr Ton war noch immer aggressiv. »Wenn die Bürger sich aber für uns einsetzen würden- «

Aidan unterbrach sie. »Wenn Mutter, wenn. Die meisten da unten sind zufrieden mit ihrem Leben. Sie wissen nicht mal, was hier oben abgeht.« Er machte eine kurze Pause. »Also. Dürfen wir jetzt in Ruhe essen?«

Sie sah erst ihren Sohn verständnislos an, dann mich, ehe sie sich wieder ganz und gar ihrem Abendessen zuwandte. »Ja, natürlich.«

Doch ich hatte das Gefühl, dass das letzte Wort hierzu noch nicht gesprochen war.

Am nächsten Morgen erwachte ich aus einem traumlosen Schlaf. Das Erste, was ich bemerkte, war, dass ich quer in dem doch recht schmalen Bett lag. Von Aidan war nichts zu sehen. Wie lange er schon weg war oder wie viel Uhr wir hatten, wusste ich nicht. Auch traute ich mich nicht, das Fenster einen Spalt zu öffnen, um zu sehen, ob die Sonne schien.

Doch hier ’rumsitzen wollte ich auch nicht. Also stand ich auf, zog mich an und verließ vorsichtig das Zimmer. Der erste Stock war leer. Doch auch unten hörte ich nichts. Ich ging vorsichtig die Treppe hinunter, Stufe für Stufe. In der Küche entdeckte ich dann auch endlich das erste Fenster. Zwar schien die Sonne, doch wurde sie immer wieder von dicken Wolken bedeckt. Ich ging wieder nach oben, warf mir zur Sicherheit meinen Umhang über und verließ dann das Haus.

Vor der Tür wurde ich schwanzwedelnd von jenem kleinen Hund begrüßt, der mich noch vor Kurzem angeknurrt hatte.

»Hugo!«, hörte ich sogleich sein kleines Frauchen rufen. Cally saß im Schatten eines großen Baumes neben dem Haus. Der kleine Flitzer hörte aufs Wort und rannte eilig zu ihr zurück. Ich folgte ihm langsamen Schrittes und setzte mich zu Aidans Schwester ins Gras, während das Fellknäuel um uns herum sprang. Es war ein bisschen feucht. Ich fühlte die sanfte Kühle, strich mit der Hand darüber und rieb dann die Fingerspitzen aneinander.

»Es hat heute Morgen kurz geregnet«, ließ Cally mich wissen.

»Oh«, sagte ich nur.

»Aidan sagt, du heißt Rain, weil du Regen magst.«

Ich sah sie verblüfft an. »Ja, das stimmt.«

»Ich heiße eigentlich Callidora. Das bedeutet schönes Geschenk. Den haben mir meine Eltern gegeben.«

»Das ist ein schöner Name und noch dazu ein sehr passender.«

»Findest du?«, fragte sie neugierig.

»Ja«, ich nickte. »Du bist ein sehr hübsches Mädchen und noch dazu warst du ein tolles Geschenk für deine Mama und deinen Papa.«

»Papa hab ich leider nie kennengelernt«, sagte sie etwas traurig.

Aidan hatte mir noch nie von seinem Vater erzählt, doch ich erinnerte mich an das, was er am

Tag unserer Ankunft zu seiner Mutter gesagt hatte. ›Du hast gesehen, was sie mit Vater gemacht haben‹. Sie, damit waren eindeutig Vampire gemeint. Ob sie ihn vor ihren Augen umgebracht hatten? Wahrscheinlich. Aber das konnte ich das Kind nicht fragen.

»Das tut mir leid«, war daher alles, was ich ihr dazu sagte.

»Ist schon okay. Du kannst ja nichts dafür. Aidan sagt, du bist ganz anders als die Spitzzähne, vor denen wir uns immer verstecken müssen und für die er manchmal arbeitet.«

»Das ist sehr lieb von ihm, dass er dir so was über mich erzählt«, sagte ich.

»Gibt es noch mehr liebe Spitzzähne, solche wie dich?«, wollte sie wissen.

»Oh ja, ganz viele.« Ich war mir bewusst, dass ich damit vielleicht das Bild von uns ins Wanken brachte, das ihre Mutter ihr vermittelt hatte, aber das war mir in diesem Moment seltsam gleichgültig. »Ich hab noch eine sehr gute Freundin. Die hat ein eigenes Café und ist superlieb.«

»Was ist ein Café?«, fragte sie stirnrunzelnd.

Natürlich, das konnte sie ja nicht wissen. Ein normales Leben, mit Geschäften und Lokalen hatten die Menschen ja schon sehr lange nicht mehr. Wie sollte da ein kleines Kind von vielleicht acht oder neun Jahren wissen, was ein Café war.

»Das ist ein Raum, zu dem man hingeht, wenn man etwas Warmes trinken oder einen Kuchen essen möchte.«

»Ach so«, sagte sie. »Kuchen bekomme ich nur, wenn ich Geburtstag habe.«

»Oh, das ist schön. Wie viele Kuchen hattest du denn schon?«

»Nur meine Kuchen oder die von Mama, Aidan und Ben mitgezählt?«, kicherte sie.

»Nur deine«, antwortete ich und nahm mir vor, sie gleich zu fragen, wer Ben war.

»Acht!«, rief sie freudig und zeigte mir die Zahl mit den kleinen Fingerchen.

»Das ist ja toll!«, lachte ich fröhlich.

»Du bekommst bestimmt auch einen Kuchen, wenn du dann Geburtstag hast.«

»Darüber würde ich mich sehr freuen«, antwortete ich. »Aber sag mal, wer ist denn Ben?«

Sie nahm den Hund auf ihren Schoß. »Das ist mein anderer großer Bruder.«

Offensichtlich war also Aidans jüngerer Bruder unterwegs. Der Blick, mit dem Aidan seine Mutter nach dessen Verbleib gefragt hatte, ließ mich vermuten, dass er sich nicht sicher war, wie Ben auf mich reagieren würde. Folglich musste ich wohl froh sein, dass er gerade nicht hier war.

Im nächsten Moment hüpfte Hugo von Callys Schoß und rannte bellend davon. Ich drehte mich in die Richtung, in die der kleine Hund gestürmt war und sah Aidan auf uns zulaufen. Er trug noch immer die gleiche kaputte Jeans, doch seinen muskulösen Oberkörper hatte er mit einem weißen Achselshirt bedeckt, das mittlerweile verschwitzt und ziemlich dreckig war. Seine rechte Hand lag frei, denn die beiden von der Feldarbeit verschmutzten Handschuhe trug er in der anderen.

»Hey ihr zwei!«, begrüßte er uns und kniete sich ins Gras, um mir einen Kuss auf die Wange zu geben. »Ein schönes Plätzchen habt ihr hier.«

»Das ist mein Lieblingsplatz. Das weißt du doch!«, lachte das Kind.

Aidan wuschelte durch ihr blondes Haar.

»Heeey, du weißt, dass ich das nicht mag«, ermahnte sie ihn.

»Und ich mach's trotzdem, Sonnenschein«, neckte er seine kleine Schwester.

Er warf die Handschuhe ins Gras und reichte mir seine gesunde Hand. »Kommst du mit?«

»Wohin?«, fragte ich.

Er grinste. »Das wirst du schon sehen.«

Ich nahm zögerlich an und ließ mir von ihm aufhelfen.

»Bis später, Sonnenschein«, verabschiedete er sich beim Gehen von Cally.

»Tschüssiii!«, rief sie uns nach.

Aidan führte mich vom Haus weg, über einen Feldweg zwischen zwei riesigen Äckern und dann in ein Wäldchen, das dahinter lag. Nachdem wir einige Minuten durch das Unterholz gelaufen waren und ich mir sicher war, dass keine Sonnenstrahlen durch das Blätterdach fielen, zog ich meinen Umhang aus.

Schließlich tauchte, inmitten der vielen Bäume, ein kleines Gewässer auf, in das ein winziges Bächlein mündete.

»Das Wasser aus dem Brunnen ist kostbar. Daher nehmen wir unser Badewasser von hier und im Sommer baden wir einfach direkt darin.« Während er sprach, zog er ein Kleidungsstück nach dem anderen aus.

Ich stand daneben und sah ihm stumm dabei zu. Vampire duschten oft nur aus Gewohnheit. Ich besaß nicht mal eine Badewanne, geschweige denn war ich jemals in etwas gestiegen, das so viel Wasser enthielt wie dieses Gewässer. Ich hatte erst vor wenigen Tagen den Regen kennengelernt, zum ersten Mal die schmerzhafte Sonne gespürt und erfahren, wie sich Gras anfühlte. Und nun sollte ich gleich nackt in diesen See oder Teich, oder was auch immer es war, steigen?

»Worauf wartest du?«

Ich sah etwas verunsichert auf und erblickte Aidan bereits mitten im Wasser.

»Ich kann nicht schwimmen«, gab ich zu.

Aidan lachte und stellte sich hin. Das Wasser reichte ihm bis knapp über den Hintern.

Noch immer unsicher, zog ich langsam meine Kleidung aus, dann machte ich vorsichtig den ersten Schritt. Es fühlte sich ziemlich warm an. Der Boden war ein klein wenig kühler und sehr weich, sodass meine Füße leicht einsanken. Dazwischen spürte ich Steine, Stöcke und andere Dinge. Trotzdem ging ich zaghaft weiter, bis Aidan mir seine Hand reichte und mich zu sich zog, sorgsam darauf bedacht, mich nicht mit seiner Prothese zu berühren.

»Hallo«, begrüßte er mich sanft lächelnd.

»Hi«, sagte ich leise.

»Na, ist doch gar nicht so schlimm, oder?«

Ich schüttelte den Kopf. »Nein.«

Nach und nach wurde ich sicherer im Wasser, ließ mich immer weiter darin versinken, bis ich sogar einmal kurz untertauchte. Zu meinem Erstaunen konnte ich unter Wasser sehr gut sehen, ohne dass meine Augen brannten. Von Mal zu Mal tauchte ich, begeistert davon, länger unter. Irgendwann tauchte ich derart lange, dass ich Aidan besorgt rufen hörte. Dann spürte ich, wie er seine Hand um meinen Oberarm legte und mich hochzog.

»Huch«, rief ich erschrocken aus.

Aidan sah mich verwundert an. »Musst du etwa nicht atmen?«

»Offensichtlich ... nicht?« So richtig hatte ich nie wahrgenommen, ob ich nun atmete oder nicht.

»Du hast mir einen ziemlichen Schrecken eingejagt«, sagte er.

»Sorry, das wollte ich nicht.«

»Ich weiß«, hauchte er mir zu, dann küsste er mich. Währenddessen näherten wir uns langsam dem Ufer. Dort angekommen wanderte er von meinem Hals ausgehend tiefer, bis ich mich auf die weiche Erde legte und er sich sanft über mich beugte ...

Blutdurst

Mit einem Seufzen klappte ich das dicke Buch auf meinem Schoß zu. Mein Blick wanderte zum Bücherstapel, der auf dem Nachtisch neben mir lag. Er war so hoch, dass er die kleine orangene Mondlampe verdeckte, die als einzige Lichtquelle in Aidans verdunkeltem Zimmer diente. Bücher kannte ich sonst nur als Dekoartikel in Maggies Café; darin geblättert hatte ich nie. Ich musste zugeben, dass mir dadurch einiges entgangen war. Es war so viel schöner, mit dem alten Geruch in der Nase zu blättern und statt eines Fortschrittsbalkens die Anzahl der gelesenen Seiten direkt sehen zu können.

Aidans Familie besaß ein ganzes Bücherregal. Große, kleine, dicke, dünne. Solche mit hartem Einband und solche, die sich ganz leicht verbiegen ließen. Ich hoffte, durch sie mehr über das Leben der Menschen zu erfahren. Wie sie vor der Wandlung der Welt gelebt hatten und welche Gegenstände sie so benutzten. Außerdem half es mir, der Langeweile zu entkommen, zu der die Sonne mich zwang.

Zuvor hatte ich mir geschworen, Bücher zu meiden, in denen Vampire schlecht gemacht wurden, doch fand ich gar keine. Sah man von jener Unterhaltungsliteratur ab, in der Vampire so dargestellt wurden, wie man sie sich früher vorgestellt hatte, wurden wir mit keiner Silbe erwähnt.

Ich führte das darauf zurück, dass es den Menschen durch die Kontrolle der Vampire nicht möglich gewesen war, solche Bücher überhaupt zu produzieren. Natürlich würde unsere Regierung verhindern, dass man schlecht über uns redete. Genauso wie sie in Vampirya verhinderten, dass wir das ganze Ausmaß des Schreckens erfuhren, der hier oben herrschte.

Als ich hörte, wie im Erdgeschoss die Haustür geöffnet wurde, stand ich auf, nahm meinen Umhang vom Kleiderhaken und betrat leise den Flur.

»Es ist inzwischen eine ganze Woche, wie lange soll sie denn noch hierbleiben?«, hörte ich Aidans Mutter in der Küche zischen.

»Solange sie möchte«, antwortete Aidan. »Ich war über einen Monat bei ihr und dass sie mich versteckte, war für sie riskanter, als es für uns ist, sie zu beherbergen.«

»Was, wenn sie sie hier entdecken?«

»Dann hat sie ein größeres Problem als wir, glaub mir.«

»Aber-«

»Sagtest du nicht, du vertraust mir, Mutter?«

»Das tue ich.«

»Dann leg deine Feindseligkeit ab.«

»Selbst wenn ich das tue, Ben wirst du nicht umstimmen können.«

»Und wenn schon.«

»Willst du dich gegen deinen Bruder stellen?«

»Wenn es sein muss.«

»Aidan, was ist nur in dich gefahren? So kenne ich dich gar nicht.«

»Tja«, sagte er nur.

»Hast du dir das nicht machen lassen, um Vampire zu bekämpfen?«

Zwar konnte ich die beiden nicht sehen, doch ich nahm an, dass sie damit seine Silberhand meinte.

»Das habe ich mir machen lassen, um euch vor Gefahren zu schützen. Sie ist keine Gefahr.«

»Sie wird zu einer werden.«

»Nein, das wird sie nicht.«

Dann hörte ich nur noch, wie die Haustür geräuschvoll ins Schloss fiel.

»Oh, Aidan«, sagte seine Mutter leise.

In meinem Herzen spürte ich einen kleinen Stich. Natürlich freute ich mich, dass er so voller Überzeugung Partei für mich ergriff. Doch auf gar keinen Fall wollte ich Mutter und Sohn entzweien.

Ich nahm all meinen Mut zusammen, ging nach unten und stellte mich neben den Esstisch. Ein kurzer Blick zum Fenster verriet mir, dass es bewölkt war. Aidans Mutter stand etwa zwei Meter vor mir. Sie beugte sich mitgenommen über die Küchentheke und stützte sich mit den Armen darauf ab. Ihre Haare hatte sie zu einem unsauberen Dutt gebunden.

»Es tut mir leid«, sagte ich leise, woraufhin sie sich erschrocken umdrehte. Noch bevor sie jedoch antworten konnte, verließ auch ich das Haus.

Draußen war von Aidan keine Spur. Ich wusste nicht, was er tat, wenn er sauer war, also ging ich stattdessen zu Callys Lieblingsplatz und setzte mich, die Arme um die angewinkelten Knie geschlungen, unter den großen Baum. Während ich dort kauerte, überschlugen sich die Gedanken in meinem Kopf. War ich wirklich eine Gefahr für diese Familie? War es vielleicht besser, zurück nach Hause zu gehen? Inzwischen war ich fast eine Woche hier. Luca würde sich längst fragen, wo ich abgeblieben war und wahrscheinlich früher oder später seinem Vater davon erzählen. Wenn er nicht mehr weiter wusste, hatte immer schon sein Vater die Dinge für ihn geregelt. Und Maggie? Diese Welt schien so viel größer und weiter als unsere. Ihren Vater hier zu suchen, glich der Suche nach der sprichwörtlichen Nadel im Heuhaufen.

»Rain?« Ich hob den Blick und sah Aidan über mir stehen.

»Hi«, sagte ich nur, unfähig meine Traurigkeit zu verbergen. Maggie hatte recht, ich war die schlechteste Lügnerin der Welt.

Aidan setzte sich zu mir ins Gras. »Alles in Ordnung?«

»Ja«, log ich erneut kläglich.

»Du hast unsere Unterhaltung gehört.«

Ich warf ihm einen vielsagenden Blick zu.

»Meine Mutter hat Unrecht. Du bist genau wie wir. Nur dass du eben aus irgendeinem Grund in einem Körper steckst, der denen ähnelt, die uns bedrohen. Ich weiß nicht, warum du dich dafür entschieden hast, aber ich bin sicher, dass du einen guten Grund hattest und wahrscheinlich lang mit dir gehadert hast. Es ist nicht wichtig, ob man sich an Silber verbrennt, ob man Sonnenbaden kann oder ob man ab und zu Blut zum Leben braucht. Es macht dich nicht zu dem, was du bist. Was dich ausmacht sind deine Entscheidungen, dein Wesen. Du bist ein guter Mensch im Körper eines Vampirs.«

Seine Worte trieben mir die Tränen in die Augen.

»Hey«, flüsterte er, kaum dass er sie bemerkte, und nahm mich in den Arm.

»Danke«, schluchzte ich in sein Shirt.

»Ist nur die Wahrheit.«

Plötzlich hörten wir das verzweifelte Rufen seiner kleinen Schwester. »Hilfe! Mama, Aidan! Hilfe!«, schrie das Kind aus Leibeskräften. Binnen Bruchteilen von Sekunden waren wir auf den Beinen und sahen uns erschrocken um.

»Hilfe!« Ein erneuter Hilfeschrei wies uns die Richtung, in die wir laufen mussten. Nur wenige Meter vom Haus entfernt fanden wir Cally auf einem ziemlich hohen Baum und ihren Hund bellend direkt unter ihr. Sie klammerte sich gerade so am untersten Ast auf dieser Seite des Stammes fest, der einige Meter über dem Boden aus dem Stamm ragte.

Aidan stellte sich unter sie. »Lass dich fallen, ich fang dich auf!«, rief er ihr zu.

»Ich kann nicht«, jammerte das Mädchen.

»Du musst!«

»Nein, ich hab Angst, Aidan!« Dann begann sie bitterlich zu weinen.

»Cally, bitte lass' dich fallen!« Es war mehr ein

verzweifeltes Flehen als eine Aufforderung.

»NEIN!«

Hilflos standen Aidan und ich unter der Baumkrone und sahen zu dem ängstlichen Mädchen hinauf. Instinktiv reagierte ich. Es war eine Abfolge von Bewegungen, die ich weder geplant, noch mir zugetraut hatte. Ich hatte durchaus davon gehört, dass wir den Menschen auch in puncto Stärke, Gewandheit und Schnelligkeit überlegen waren, doch ging ich davon aus, dass man dafür trainieren musste und ich war alles andere als der sportliebende Typ. Im Gegenteil, ich verkaufte tagein, tagaus Dickmacher. Dennoch machte ich, von Callys Hilferufen und Aidans Verzweiflung angetrieben, einen doch recht ansehnlichen Sprung, umfasste die Kleine mit beiden Händen und landete mit ihr auf dem Arm wieder auf dem Boden.

Cally stoppte schlagartig ihr Schluchzen und Aidan sah mich verblüfft an.

»Wow«, sagte er, dann nahm er mir seine

Schwester ab, die ihm sofort um den Hals fiel und wimmerte. »Ich wusste gar nicht, dass du so was kannst.«

»Ich auch nicht«, gab ich zu.

Er beugte sich zu mir und gab mir einen zärtlichen Kuss auf die Stirn.

»Danke, dass du meine kleine Schwester gerettet hast.«

Gerne hätte ich etwas geantwortet, doch stieg mir mit einem Mal ein derart verführerischer Duft in die Nase, dass ich nicht in der Lage war, etwas zu sagen oder mich zu bewegen. Ich hatte das noch nie zuvor gespürt. Es war anders als Aidans wohltuender Duft, in den ich mich hüllen und behutsam ins Land der Träume sinken konnte. Dieser Duft weckte ein Bedürfnis in mir, das ich zunächst nicht richtig deuten konnte. Instinktiv wollte ich irgendwie reagieren, doch noch hielt ich mich im Zaum.

»Oh, Sonnenschein, du bist ja verletzt«, bemerkte Aidan.

Tatsächlich, am Arm seiner kleinen Schwester rann ein Strahl blutroten Lebenssaftes herab. Wahrscheinlich war sie beim Klettern irgendwo hängen geblieben.

»Tut das doll weh?«, fragte er freundlich.

»Nein«, antwortete Cally und rieb sich die Augen.

»Sag mal, wie bist du eigentlich da hochgekommen?«

»Na, geklettert bin ich. Und dann abgerutscht.«

Währenddessen wurde mir bewusst, was in mir diese seltsamen Gefühle auslöste: Hunger. Das Blut des kleinen Mädchens weckte niedere Triebe in mir, die ich nur zu gern verdrängen würde. Doch dazu war ich nicht in der Lage, also machte ich auf dem Absatz kehrt und lief davon.

»Rain?«, hörte ich Aidan erst noch in normaler Lautstärke fragen, dann begann er meinen Namen zu rufen. Doch ich reagierte nicht, lief einfach weiter über den Feldweg und hinein in den Wald. An jenem Tümpel, an dem wir uns vor wenigen Tagen geliebt hatten, blieb ich schließlich stehen und starrte ins Wasser.

Vor mir schwammen Blätter, Hölzer, ja sogar kleine Tiere und doch sah ich nichts davon genauer an. Vor mir und in mir war nur Leere. Ich hasste mich für das, was ich war und für das, wozu ich gezwungen war: das Trinken von Blut.

»Rain?« Ich spürte Aidans gesunde Hand auf meiner Schulter, dann zwang er mich dazu, mich umzudrehen, legte seine andere Hand an mein Kinn und hob es leicht an, sodass ich ihn ansehen musste. »Was ist los, Süße?«

»Nichts.« Ich wusste gar nicht, warum ich überhaupt log. Es hatte ja doch keinen Zweck.

»Es ist das Blut, stimmt's?«

Bingo. Ich war wohl nicht nur ein offenes Buch, ich war eine Enzyklopädie, wie die, die ich heute Morgen gelesen hatte.

»Vielleicht ist es besser, wenn ich wieder nach Hause gehe«, sagte ich, griff nach seinem ledernen Handgelenk und nahm seine Hand von meinem Kinn.

»Was?«, fragte er ungläubig.

»Ich gehöre nicht hierher.«

»Wer sagt das?«, wollte er wissen.

»Meine Natur«, antwortete ich.

»Natur?« In seinem Blick lag ein Hauch von Enttäuschung. »Ohne dich verletzen zu wollen, aber du bist unnatürlich. Was dich verwandelt hat, wurde von Menschenhand geschaffen. Für menschliche Manipulation gelten keine Naturgesetze.«

»Und doch wäre ein weniger beherrschter Vampir deiner kleinen Schwester an den Hals gesprungen, hätte er dasselbe gerochen, was ich vorhin gerochen habe.«

»Aber das bist du nicht.«

Ich schüttelte den Kopf. »Nein, aber wer weiß, wie lange noch. Es ist erst eine Woche. Ich habe Angst, Aidan. Angst, dass ich mich irgendwann nicht mehr beherrschen kann. Dass ich zu der Gefahr werde, von der deine Mutter gesprochen hat.« Tränen liefen über meine Wangen und tropften von meinem Kinn. »Ich möchte dir nicht wehtun.«

Aidan lächelte mich sanft an. »Das wirst du nicht, jedenfalls nicht auf diese Weise.«

Ich senkte den Blick und versuchte verzweifelt, mir die salzigen Tränen aus dem Gesicht zu wischen.

»Wir können das Problem aus der Welt schaffen. Hier und jetzt.« Er hob mir sein nacktes Handgelenk entgegen.

Obwohl ich es nicht wollte, fiel mein Blick direkt auf die pulsierenden Adern, die sich ihren Weg durch sein Fleisch bahnten. Dennoch schüttelte ich entschieden den Kopf. »Nein.«

»Rain-«, setzte er an, doch unterbrach ich ihn.

»Nein!«, schrie ich weinend. »Ich will das nicht!«

Dann lief ich davon, zurück zum Haus. Drinnen wäre ich am liebsten schnurstracks die Treppe hinaufgeeilt, doch kaum, dass ich die Küche betrat, fiel mir jemand um den Hals. Erstaunt stellte ich fest, dass es sich um Aidans Mutter handelte.

Dementsprechend stand ich zunächst stocksteif da, ehe ich zaghaft eine Hand auf ihren Rücken legte und sanft darüber strich.

»Danke«, schluchzte sie. Ich antwortete nicht. Sie löste sich von mir und sah mich an, ihre Hände noch links und rechts auf meinen Schultern. Ihr Gesicht war leicht gerötet. »Danke, dass du meine Tochter gerettet hast.«

»Nichts zu danken«, antwortete ich leise und warf Cally einen Blick zu. Sie saß mit einem Keks am Esstisch, ihr kleiner Arm war in einen sauberen Verband gehüllt. »Das hätte doch jeder an meiner Stelle gemacht«, fügte ich hinzu.

Aidans Mutter wandte sich wieder dem Essen auf dem Herd zu. »Aber nicht jeder hätte es gekonnt«, sagte sie und sah mich dabei kurz an. »Setz dich ruhig, das Essen ist gleich fertig.«

»Oh, ich wollte eigentlich-«

Aidan, der hinter mir durch die Tür trat, unterbrach mich. »Rain«, sagte er etwas atemlos. Ich war wohl, wenn ich denn wollte, deutlich schneller zu Fuß unterwegs, als er es konnte.

Seine Mutter sah uns fragend an. »Ist was passiert?«

»Nein!«, riefen wir wie aus einem Munde.

Sie schenkte uns zur Antwort ein Lächeln. »Na dann. Setzt euch doch.«

Und damit war mein Widerstand dahin. Ich setzte mich brav zu Aidans Familie an den Küchentisch und aß die Kartoffeln, die auf meinen Teller gelegt wurden. Wohlwissend, dass sie meinen Hunger nicht würden stillen können.

»Mutter«, sagte Aidan irgendwann mit vollem Mund. »Ich dachte mir, dass Rain und ich morgen jagen gehen könnten. Vielleicht fangen wir ja einen Hasen oder ein Reh.«

»Oh, das ist toll«, antwortete sie freudig. »Das letzte Fleisch, das wir hatten, ist ja schon eine ganze Weile her.«

»Tut dein Arm noch weh, Sonnenschein?«, fragte Aidan dann seine Schwester.

Sie schüttelte grinsend den Kopf. »Nein, alles gut.«

Er legte sanft eine Hand an ihren Hinterkopf. »Das freut uns. Oder?« Er wandte sich mir zu.

Ich sah ihn verwundert an. »Ja, klar«, antwortete ich dann schnell.

Offensichtlich wollte er, dass ich mich zugehörig fühlte. Aber das tat ich nicht.

Am nächsten Morgen wachte ich ziemlich gerädert auf. Nicht nur tat mir zum wahrscheinlich ersten Mal in meinem neuen Leben der Kopf weh, sondern dazu kam noch, dass mein Blick ungewohnt verschwommen war. Es musste daran liegen, dass menschliche Nahrung für uns offensichtlich keinerlei Nährwerte bot. Anders konnte ich mir meinen schlechten Zustand nicht erklären.

»Na, endlich aufgewacht, Dornröschen?«

Ich drehte mich um und sah Aidan auf der anderen Seite des Bettes stehen. Letzte Nacht hatte er zum Glück keine weitere Diskussion zum Thema Blut führen wollen, sodass ich einfach hatte schlafen können.

»Es ist schon Mittag und die Sonne lässt sich nicht blicken. Möchtest du mich zur Jagd begleiten?«

Ich schüttelte den Kopf. »Nein, ich bleibe lieber hier.«

»Aber vielleicht kann etwas Tierblut dir helfen?«

»Kann es nicht. Nichts kann menschliches Blut ersetzen. Tierblut hat den gleichen Effekt wie menschliche Nahrung. Nämlich gar keinen.«

»Bist du dir sicher?«

»Ja«, beteuerte ich.

Ich hätte mir gewünscht, er wäre einfach zum Jagen gegangen, stattdessen kniete er sich neben das Bett, legte seine gesunde Hand auf meinen Kopf und sah mir zu allem Übel auch noch tief in die Augen.

»Du siehst gar nicht gut aus.« Sorge lag in seiner warmen Stimme.

»Danke«, gab ich zurück, meine Stimme war ungewohnt kratzig.

»Du weißt, so meine ich das nicht.«

Ich lächelte müde.

»Rain-«, wollte er wieder ansetzen, doch unterbrach ich ihn abermals.

»Nein«, sagte ich leise.

Er schnalzte wütend mit der Zunge und stand auf.

»Du bist so stur«, sagte er missmutig. Als ich darauf nicht antwortete, schüttelte er den Kopf, strich sich müde durchs Haar und verließ dann recht geräuschvoll das Zimmer.

Ich lauschte seinen Schritten noch eine ganze Weile. Glücklicherweise war mein Gehör noch intakt, sodass ich ihn mit geschlossenen Lidern sogar noch bis in den Wald laufen hören konnte. Erst dann wurde mein Bewusstsein derart schwummrig, dass ich wieder in einen unruhigen Schlaf fiel.

Als ich, wahrscheinlich Stunden später, wieder zu mir kam, vernahm ich zuerst nur ein leises Flüstern. Es dauerte eine Weile, bis mein Blick sich geschärft hatte, doch dann sah ich, wie Aidan neben seiner kleinen Schwester kauerte, die sich gegen die Wand gegenüber dem Bett gelehnt hatte.

»Du bleibst schön brav hier und passt auf Rain auf. Verhalte dich ruhig und warte hier, bis ich dich holen komme. Ich will keinen Mucks hören. Klar?« Er hob den Zeigefinger vor die Lippen.

Cally antwortete nicht darauf, sie schien jedoch kaum merklich zu nicken und wirkte ziemlich eingeschüchtert. Was war hier los? Noch bevor ich ihn fragen konnte, verließ Aidan das Zimmer und schloss leise die Tür hinter sich.

Ich setzte mich müde auf. »Cally«, flüsterte ich, doch auch sie hob lediglich den Zeigefinger vor die Lippen. Ich krabbelte langsam aus dem Bett und zu ihr rüber. »Was ist los?«, fragte ich leise. Sie schien die Anweisungen ihres Bruders sehr ernst zu nehmen und schüttelte nur wieder und wieder das kleine Köpfchen.

Mist, dachte ich, krabbelte zur Tür hinüber und

presste mein Ohr gegen das Holz, in der Hoffnung draußen Stimmen zu vernehmen. Nichts. Das Fenster war vom zugenagelten Fensterladen verdeckt. Es zu öffnen, um heraus zu schauen, schien mir zu riskant. Also öffnete ich stattdessen vorsichtig die Tür, gerade so weit, dass ich nach draußen schlüpfen konnte und schloss sie dann wieder vorsichtig. Dann krabbelte ich im Flur bis ans obere Ende der Treppe. Leider hörte ich auch hier niemanden sprechen.

Ich drehte wieder um, kroch durch den Flur zurück und öffnete vorsichtig die Tür neben Aidans Zimmer. Wie sich herausstellte, handelte es sich um das Zimmer seiner Mutter. Ein kleiner Teil in mir hoffte, dass sie uns in den letzten Nächten nicht gehört hatte, der andere schüttelte diese unpassenden Gedanken schnell ab. Hier hatte ich nun endlich ein Fenster, aus dem ich herausschauen konnte.

Es war dunkel draußen. Lediglich die Fenster im Untergeschoss warfen etwas Licht auf die

Wiese vor dem Haus. Dann sah ich ein schwarzes Fahrzeug mit komplett abgedunkelten Fenstern, das direkt vor dem Haus stand. Aus ihm stiegen zwei Männer. Ich musste ihre Augen nicht sehen um zu wissen, was sie waren. Ich sah es an der Art, wie sie sich bewegten: Vampire.

Was wollten sie hier? War das ein Kontrollbesuch? War Aidans Familie in Gefahr?

Ich ließ die Zimmertür offen, als ich zurück in den Flur schlich. Unten öffnete Aidan gerade die Haustür.

»Hallo«, sagte er tonlos.

»Ausweisen«, antwortete eine klare, männliche Stimme. Wer auch immer das war, er kam ohne Umschweife zum Punkt. Kein ›Bitte‹. Kein ›Guten Abend‹. Nichts.

Für ein paar Sekunden herrschte Stille. Wahrscheinlich hatte Aidan ihnen irgendetwas gezeigt.

»Es sind drei Personen eingetragen. Hier sehe ich aber nur zwei. Wo ist die dritte Person?« Der Zweite war ebenfalls männlich.

»Das wissen wir nicht«, antwortete Aidan, noch immer ohne jeglichen Ausdruck in seiner sonst so warmen, freundlichen Stimme.

»Wo ist die dritte Person?«, wiederholte der Vampir.

Ich spürte, wie sich die Situation zuspitzte. Es musste schnell irgendeine Lösung her. Ich eilte geräuschlos zurück in das Zimmer von Aidans Mutter und öffnete vorsichtig den Kleiderschrank. Die meisten Kleidungsstücke schienen seit Jahren unbenutzt hier zu hängen. Sie wiesen keinerlei Gebrauchsspuren auf, wie es Aidans und die Kleider seiner Mutter üblicherweise taten. Am rechten Ende der Kleiderstange entdeckte ich schließlich, was ich gesucht hatte: einen schwarzen Rock, eine Bluse und einen Blazer.

Hektisch warf ich meine Sachen auf das Bett seiner Mutter und zog mir ihre Kleider an. Am Hemd ließ ich vorsorglich zwei Knöpfe offen, immerhin waren die beiden finsteren Vampire da unten männlich und Kerle blieben Kerle, egal ob sie nun menschlich waren oder nicht. Schaden konnte es jedenfalls nicht. Die Haare band ich zu einem möglichst sauberen Zopf. Zu guter Letzt kramte ich noch die höchsten schwarzen Schuhe, die seine Mutter im Repertoire hatte, heraus und stopfte sie vorn etwas aus.

In dem Moment, als ich aus dem Zimmer trat, wurde mir kurz schwummrig und ich sackte etwas zusammen. Müde fasste ich mir an die Stirn. Jetzt war keine Zeit für Schwäche. Ich richtete mich wieder auf und ballte die Hände zu Fäusten. Ob mein Plan klug oder dumm war, wusste ich nicht, aber es war die einzige Chance, die ich sah. Also ging ich zurück ins Nachbarzimmer. Als Cally mich in den noblen Klamotten sah, wirkte sie etwas verwundert. Trotzdem ließ sie sich wie eine Puppe auf den Arm nehmen und wegtragen.

Unten hörte ich noch immer die beiden Vampire. »Das Ableben eines registrierten Menschen zu verschweigen, um mehr Essensrationen zu bekommen, ist eine Straftat. Den Verbleib eines registrierten Menschen nicht preiszugeben, ist ebenso eine Straftat«, zählte einer von ihnen auf.

Als ich mit den hohen Hacken geräuschvoll die Treppe hinabschritt, konnte ich sie auch endlich sehen. Es war der Linke von ihnen, der zuletzt gesprochen hatte. Sie trugen, wie ich schon vermutet hatte, Anzüge. Wahrscheinlich um die Menschen in ihren mitgenommenen Kleidern einzuschüchtern und ihre Überlegenheit zu demonstrieren. Ich wusste es nicht. Ich kannte nur die Dokus des HPP.

Als sie sich zu mir umdrehten, sah ich sowohl in Aidans Gesicht als auch in dem seiner Mutter neben blankem Entsetzen auch eine gehörige Portion Unsicherheit. Dennoch hielt mich keiner von ihnen auf oder sagte etwas.

»Die dritte Person ist hier«, sagte ich und ging zielstrebig durch die Küche. Zwischen den beiden Menschen und den Vampiren blieb ich stehen. »Weiblich, acht Jahre alt.« Wahrscheinlich sah sich Aidans Mutter in diesem Moment in ihrer Meinung über mich bestätigt. Doch darauf konnte ich jetzt keine Rücksicht nehmen.

»Und Sie sind?«, fragte der Rechte. Es war das erste Mal, dass sie eine Anrede benutzten. Offensichtlich war ich für sie im Gegensatz zu den Menschen jemand, der einem ›Sie‹ würdig war. Das war schon mal gut.

»Ich bin ein Mitglied des HPP. Dieses Kind steht unter unserem Schutz.«

»H ... PP?« Der Linke runzelte die Stirn und sah seinen Kollegen an. »Ist das nicht diese Wohltätigkeitssippschaft zum Schutz von Menschen?«

»Human Protection Program«, korrigierte ich sie. »Ganz recht.« Ich bemühte mich, meine selbstbewusste Fassade aufrechtzuerhalten. Innerlich zitterte ich jedoch wie Espenlaub.

»Was machen wir denn da?«, der linke Vampir sah fragend zum anderen.

Wie zwei Schulmädchen drehten sich die beiden daraufhin flüsternd um. Doch mein Gehör ließ sich nicht so einfach überlisten.

»Ich glaube, das klären wir lieber vorher ab. Diese Ökos haben einen ziemlich großen Einfluss.«

»Okay«, sagte der andere.

Dann drehten sich beide wieder um und richteten sich zur vollen Größe auf.

»Wir kommen wieder«, sagte der Linke an die Menschen gewandt.

Der Rechte richtete seine Worte an mich. »Schönen Abend, Ihnen.«

»Danke, Ihnen auch«, gab ich zurück.

Dann gingen sie zu ihrem Wagen, stiegen ein und fuhren davon.

Wir standen allesamt noch solange unbewegt bei geöffneter Tür in der Küche, bis der Motor für menschliche Ohren nicht mehr zu hören war. Als ob jemand nach dem Pausieren eines Films wieder auf ›Play‹ gedrückt hätte, hob Aidans Mutter dann Cally aus meinem Arm und drückte sie an ihre Brust, während Aidan mich zu sich zog und an sich presste.

»Das war dumm«, sagte er und gab mir einen

feuchten Kuss auf die Wange.

»Ich weiß«, antwortete ich.

»Das war wirklich nicht sehr schlau«, gab seine Mutter ihm recht. »Wir haben Callidora bisher immer vor ihnen geheim gehalten. Wir hätten das bestimmt auch anders klären können.«

»Diese Typen waren drauf und dran, euch zu bestrafen. Ich hab einfach keine andere Möglichkeit gesehen.«

»Ist schon gut«, versuchte Aidan, mich zu beruhigen.

»Aidan«, mahnte seine Mutter. Hatte ich meine Pluspunkte bei ihr jetzt etwa wieder verspielt?

»Wir finden schon eine Lösung. Sie hat es nur gut gemeint, Mutter.«

»Das weiß ich ja und ich bin dir auch dankbar, Rain.« Ihre Stimme war nun wieder freundlicher.

In mir machte sich sogleich Erleichterung breit. Dass diese beiden Kerle mir einfach glauben würden, damit hatte ich ehrlich gesagt nicht gerechnet. Aber alles in allem sorgte eine Verwandlung nicht unbedingt für ein größeres Gehirn und gerade unter den Vampiren, die hier oben arbeiteten, gab es laut HPP vermehrt solche, die unten in der Gesellschaft keinen Platz hatten und hier nur durch körperliche Überlegenheit punkten konnten.

Meine Anspannung legte sich. Stattdessen kam das schwummrige Gefühl zurück. Aidans Mutter hatte Cally noch nicht mal abgesetzt, da spürte ich, wie meine Beine langsam nachgaben und meine Wahrnehmung schwand.

»Rain?« Aidans besorgte Stimme hörte sich seltsam fern an. »Rain?!«

Dann klappte ich zusammen. Nur seine Arme verhinderten, dass ich auf dem Küchenboden aufschlug.

»Rain, sag doch was, bitte!«, flehte er.

»Was hat sie denn?« Die Stimme seiner Mutter hallte dumpf in der Ferne.

»Sie ist unterernährt. Sie braucht ganz dringend Blut, aber sie weigert sich, welches anzunehmen.«

Kurz darauf spürte ich, wie er mich hochhob und auf etwas Weichem wieder ablegte.

»Komm, mein Schatz, wir gehen nach oben«, sagte seine Mutter zu Cally, dann lauschte ich, wie sie die Treppe hinauf gingen.

Als Nächstes vernahm ich das Geräusch einer sich öffnenden Schublade.

Und dann schmeckte ich Blut an meinen Lippen.

Ich wehrte mich nicht dagegen. Im Gegenteil, ich griff instinktiv nach dem Handgelenk, das mir angeboten wurde und biss in das Fleisch. Meine spitzen Zähne bohrten sich durch die Haut und der köstliche rote Saft rann aus den Adern und meine trockene Kehle hinab. Es schmeckte herrlich. Er schmeckte herrlich.

Es war das erste Mal, dass ich reines Blut genoss. Ich wusste nicht, ob es generell so gut schmeckte, ob es an meinem Zustand lag oder daran, dass Aidan es war, dessen Blut ich gerade trank.

Es dauerte nicht lang, da kehrten meine Sinne zurück. Meine Ohren wurden wieder frei, meine Augen klar. Schlagartig ließ ich von ihm ab, stieß ihn regelrecht von mir. Ich hatte wohl derart Schwung in den Armen, dass Aidan rücklings mit dem Hintern auf dem Boden landete. Ich dagegen ging auf dem Sofa in die Hocke und versuchte mir verzweifelt das Blut von den Lippen und vom Kinn zu wischen. Beim Anblick meiner verschmierten Hände kam ich mir noch schäbiger vor.

»Schon gut, schon gut, schon gut.« Aidan stand auf und hob beschwichtigend die Hände, als wäre ich ein wildes Tier, das es zu zähmen galt.

»Nichts ist gut«, gab ich bissig zurück. »Du weißt, dass ich das nicht will!«

»Und ich will nicht, dass du stirbst!«

Ich erstarrte. Derart verletzlich hatte er noch nie geklungen.

Er kniete sich vor mich und nahm meine blutige Hand in seine beiden Hände. »Du bist ein

Mensch im falschen Körper«, wiederholte er seine eigenen Worte.

Dann stand er auf und küsste mich. Zuerst wollte ich mich wehren, damit er nicht sein eigenes Blut an die Lippen bekam, doch schon nach einem Atemzug seines wohligen Duftes kam ich nicht umhin seinen Kuss zu erwidern.

Nachdem wir uns voneinander gelöst hatten, begutachtete ich seinen Unterarm. Die Stelle, an der ich zugebissen hatte, blutete noch immer leicht. Ich riss ein Stück von meinem Hemd ab und wickelte es um die Wunde.

»Das wäre nicht nötig gewesen, wir haben Verbandszeug«, ließ er mich lächelnd wissen.

»Ist doch egal«, antwortete ich schnippisch, nahm sein warmes Gesicht in meine kalten Hände und küsste ihn ein weiteres Mal.

Erst als wir seine Mutter kommen hörten, ließen wir endgültig voneinander ab. Aidan sprang behände über die Rückenlehne des roten Sofas und ging in die Küche. Ihr Blick fiel sofort auf sein Handgelenk, dann musterte sie mich. Ich stand eilig auf und sah kurz beschämt zu Boden. Als ich sie wieder ansah, schüttelte sie mit einem zarten Lächeln auf den Lippen den Kopf.

»Ist schon gut«, sagte sie.

»Danke«, sagte ich und wäre beinahe wieder in Tränen ausgebrochen. So viel Verständnis hatte ich meiner Meinung nach gar nicht verdient.

Plötzlich kam sie auf mich zu und reichte mir ihre Hand. »Ich bin Rose.«

Ich starrte kurz auf ihre fünf Finger, die in meine Richtung zeigten, dann nahm ich sie und drückte sie sanft, während wir einander die Hände schüttelten. »Rain.«

Es war nur eine kleine Geste und doch, für mich bedeutete sie viel. Es war, als wäre ich nun Teil dieser Familie und das erfüllte mein Herz mit einer ganz besonderen Wärme, wie ich sie noch nie zuvor gespürt hatte. Bevor ich hierher gekommen war, waren Maggie und Luca alles gewesen, was ich als Familie hatte bezeichnen können.

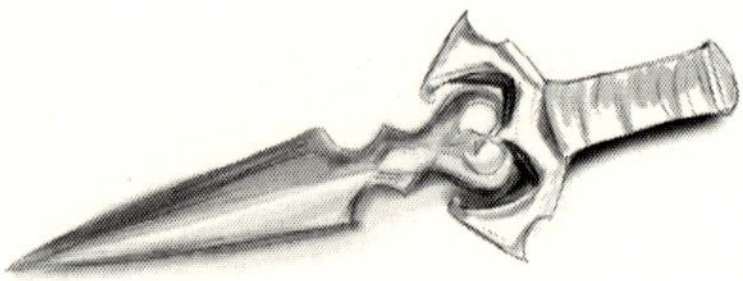

Familienbande

»Was ist mit deinem Vater passiert?«, fragte ich eines Nachts, als wir gemeinsam in seinem Bett lagen und durch das geöffnete Fenster zu den Sternen emporblickten. Der laue Sommerwind streichelte meine Haut. Ich liebte dieses Gefühl.

Aidan strich sich gedankenverloren über das Handgelenk. Die Wunde war sehr schnell verheilt und nur noch zwei kleine verkrustete Punkte markierten die Stellen, durch die ich meine Zähne gebohrt hatte.

»Ich war damals gerade 17 geworden, Ben war knapp zehn. Dad war ein überzeugter Kämpfer der ersten großen Rebellion. Wir hatten uns in ihrer Basis versteckt. Mutter war hochschwanger. Er wollte sichergehen, dass sie das Kind ohne Störung durch Vampire zur Welt bringen konnte und dass medizinische Hilfe zur Stelle war.« Er unterbrach kurz und senkte den Blick. »Sie kamen in der Nacht«, fuhr er fort. »Wir wissen bis heute nicht, wer uns verraten hat. Ich war nicht da, sie hatten mich mit meinem kleinen Bruder fortgeschickt. Als ich zurückkehrte um ihnen zu helfen, war Dad bereits tot. Er hatte mit aller Kraft versucht, Mutter zu beschützen. Wir kamen gerade so davon.« Er zog sich den Lederhandschuh aus. »Bei der Flucht verlor ich meinen Arm, doch dafür schenkte uns Mutter ein paar Stunden später eine kleine Schwester.« Nach seinen letzten Worten lächelte er mich an. Bei dem Gedanken an Cally funkelten seine Augen wie die Sterne des Nachthimmels.

»Wenn doch nur mehr Vampire wüssten, was hier oben passiert ...«, sagte ich traurig.

»Nun, vielleicht wirst du es ihnen irgendwann erzählen«, antwortete er sanft.

»Irgendwann?«, fragte ich.

»Irgendwann«, wiederholte er. Dann fuhr er mit der linken Hand über meinen Hals und unter mein langes Haar und küsste mich erst zärtlich, dann fordernder.

Ich wollte ihm gerade mit den Händen unters Shirt fahren, da hob er mir sein Handgelenk entgegen. »Durst?«

Ich verdrehte die Augen. »Aidan!« Da ging sie hin, unsere Romantik.

»Das ist mein Ernst«, gab er zurück.

»Nein, danke«, lehnte ich ab.

»Du wartest aber nicht schon wieder, bis du zusammenklappst, oder?«

»Nein«, versicherte ich ihm.

»Wirklich?« Er sah mich an, als wäre ich ein Kind, das offensichtlich log.

»Wirklich.«

Er öffnete gerade den Mund, um etwas zu antworten, da hörten wir den dröhnenden Motor eines herannahenden Fahrzeugs. Aidan sprang sofort aus dem Bett und eilte zum Fenster. Ich folgte ihm. Einige Meter vor dem Haus kam ein dunkles Auto zum Stehen.

»Sind sie das wieder?«, fragte ich besorgt.

Aidan kniff die Augen leicht zusammen und schüttelte dann den Kopf.

Eine der hinteren Schiebetüren öffnete sich und eine Person stieg aus. Es war ein junger Mann mit kurzrasiertem Haar. Er war von oben bis unten in Tarnfarben gekleidet und trug schwarze Stiefel.

»Ben«, sagte Aidan nach ein paar Sekunden der Stille und ich erstarrte. »Du wartest hier«, fügte er an, dann stand er auf und verließ das Zimmer.

Ich erinnerte mich noch sehr gut an das, was seine Mutter über ihren jüngsten Sohn gesagt hatte. Dass Aidan ihn niemals würde umstimmen können. Und Aidan hatte nicht einmal versucht ihr zu widersprechen. Er hatte nur seinen Standpunkt klar gemacht, dass er zu mir stehen würde, ganz gleich, was sein Bruder sagte. Aber was, wenn ich ihn doch davon überzeugen konnte, dass ich anders war? Aidan hatte gesehen, wie sein Vater starb, seinen Arm verloren und mir dennoch vertraut. Geschwister waren sich oft ähnlich. Wenn ich den älteren Bruder für mich hatte gewinnen können, warum nicht auch den jüngeren?

Mit diesem Gedanken stand ich auf und verließ das Zimmer. Am oberen Ende der Treppe, kurz bevor sie mich würden sehen können, hielt ich inne und horchte.

»Oh, Ben, geht es dir gut, mein Sohn?«, fragte Rose besorgt.

»Das fragst du mich? Das wollte ich eher ihn fragen«, antwortete eine mir unbekannte Stimme, die ich Ben zuordnete. Er klang zwar ebenfalls recht tief, jedoch bei Weitem nicht so sanft wie sein älterer Bruder.

»Mir geht es prima«, hörte ich Aidan sagen.

»Wo warst du so lange?«, fragte Ben.

»Das ist eine lange Geschichte.«

Ehe Ben etwas erwidern konnte, stieg ich die letzten Stufen ins Erdgeschoss hinab. Als er mich bemerkte, erkannte er mich offensichtlich sofort. Seine Augen weiteten sich, er griff reflexartig in eine seiner zahlreichen Taschen und zog einen spitzen Gegenstand hervor, den er in meine Richtung warf. Wie in einem Zeitraffer sah ich den silbernen Pflock auf mich zufliegen, war jedoch nicht imstande mich zu rühren. Geistesgegenwärtig ging Aidan mit dem rechten Arm dazwischen, sodass das Silber an seiner Prothese abprallte. Mit lautem Klirren kam der Pflock auf dem Küchenboden auf. Ich sah ihm noch hinterher wie dieser einige Zentimeter rollte, da packte Aidan mich mit der linken Hand am Oberarm, zog mich die letzte Stufe herab und stellte sich schützend vor mich.

Ben kam mit großen, wütenden Schritten auf

uns zu. Er hob seine Waffe auf und hielt sie seinem Bruder vor die Nase. »Bist du irre?«, schrie er ihn an.

Aidan schwieg.

Ben wedelte mit dem Pflock. »Der hätte dich durchbohren können!«

»Hat er aber nicht«, antwortete Aidan in ähnlich tonloser Art und Weise, in der er auch auf die Fragen der Vampire geantwortet hatte.

»Was wird das?«, fragte Ben wütend. Sein Unterkiefer schob sich leicht nach vorn, als er zu seinem etwas größer gewachsenen, älteren Bruder aufblickte. »Was wird das?!«, schrie er erneut, als dieser nicht antwortete.

»Nichts, das dich etwas angeht«, gab Aidan zurück.

»Alles in diesem Haus geht mich etwas an!«

Da Aidan wie eine Statue vor mir stand, machte sein kleiner Bruder einen Schritt zur Seite, um einen Blick auf mich zu erhaschen. Aidan schob sich sofort wieder zwischen uns.

»Du beschützt *das da*«, er zeigte mit dem Finger in meine Richtung und betonte die geschlechtslose Art und Weise, mit der er mich adressierte. »Vor mir?!«

»Ich beschütze *sie*«, korrigierte Aidan. »Vor dir.«

»Das ist doch nicht dein Ernst.« Ben schüttelte ungläubig den Kopf. »Sie bedrohen uns, sie erniedrigen uns, sie missbrauchen uns, sie haben dich verstümmelt und Vater ermordet und doch beschützt du *sie*?« Das letzte Wort betonte er abermals und spuckte anschließend demonstrativ auf den Küchenboden.

Sein Gesicht war kahlrasiert und eine dicke Narbe zog sich von der Oberlippe bis zu seinem kantigen Kinn.

Aidan hob die Hände. »Das hat sie alles nicht zu verantworten.«

Ben starrte seinen Bruder wütend an. Plötzlich griff er nach dessen gesunder Linken. Sein Blick verfinsterte sich weiter, als er die zwei kleinen Bisswunden entdeckte.

»Das ist frisch. Lässt du ... bist du ..?«

Aidan zog die Hand zurück und sah Ben ausdruckslos an.

Dieser schüttelte wieder ungläubig den Kopf und ging ein paar Schritte zurück. Mit einem Mal begann er erst zu kichern und anschließend wie ein Wahnsinniger zu lachen. »Ich glaub's nicht. Mein großer Bruder ist übergeschnappt!« Sein Lachen wurde immer hysterischer, bis er sich den Bauch hielt und sich dann mit hochrotem Gesicht zu seiner Mutter drehte. »Kannst du das glauben, Mutter?«

»Ben«, sagte Aidan leise. Er machte Anstalten seinen kleinen Bruder zu besänftigen und ging vorsichtig auf ihn zu.

Da explodierte Ben. »NEIN!«, schrie er aus Leibeskräften und verpasste Aidan mit der rechten Faust einen Schlag ins Gesicht.

Entsetzt sah ich, wie Aidan zu Boden ging, jedoch sofort wieder aufzustehen versuchte. In jenem Moment, in dem ich Aidan aufhelfen wollte, machte Ben einen Satz über seinen Bruder hinweg und stürzte sich auf mich. Ich versuchte noch, ihn abzuschütteln doch er hielt mich geschickt fest. Binnen weniger Sekunden hatte er meine Handgelenke grob umfasst und presste mich gewaltsam mit dem Rücken gegen die Treppenstufen. Als ich bewegungsunfähig war, näherten sich seine Lippen langsam meinem Ohr.

»Meinen Bruder hast du vielleicht bezirzt, aber mich kriegst du nicht so leicht ’rum!«, flüsterte er mir zu.

Plötzlich schlangen sich Aidans Hände um den Bauch seines Bruders und zogen ihn von mir weg. Nach einem kurzen Kampf um die Oberhand kristallisierte sich der Jüngere von beiden als der Erfahrene heraus. Er brauchte nur wenige gezielte Griffe und Techniken um sich zu befreien und seinen Bruder mit einem kräftigen Kinnhaken kurzzeitig außer Gefecht zu setzen. Ich war gerade erst aufgestanden, da schlug Aidans kleiner Bruder mir derart heftig ins Gesicht, dass ich für einen Moment Sternchen sah und mich wenige Sekunden später auf dem Küchenboden wiederfand. Ich sah aus dem Augenwinkel wie Ben nach dem silbernen Pflock griff, der unweit von uns lag. Dann stach er zu.

Schmerzen wie diese hatte ich noch nie zuvor gespürt. Die morgendlichen Sonnenstrahlen in Aidans Zimmer waren dagegen eine Kleinigkeit gewesen. Das Silber brannte sich förmlich durch mich hindurch und ich spürte jeden Millimeter, den es dabei verletzte. Es fühlte sich unsäglich lang an, bis ich Hilfe von unerwarteter Seite bekam: Rose hielt ihrem eigenen Sohn ein langes Küchenmesser an die Kehle. Wahrscheinlich war es die erstbeste Waffe gewesen, die sie in die Finger bekommen hatte.

Seine Augen wanderten langsam von mir zu ihr. »Du auch, Mutter?«, fragte er ungläubig, während er mich noch immer fest im Griff hatte.

»Ich wünschte, ich müsste das nicht tun. Aber ich kann nicht zulassen, dass du sie umbringst.

Sie hat deinem Bruder und deiner Schwester das Leben gerettet. Das ist das Mindeste, was ich für sie tun kann. Und jetzt lass' sie los und geh zur Seite.«

»Was?« Bens Frage klang nun weit weniger zynisch. Mit einem kräftigen Ruck zog er das Silber aus meinem Körper. Der schmerzerfüllte Schrei, den ich nicht mehr zurückhalten konnte, ließ Aidan wieder wach werden.

»Rain!«, hörte ich ihn rufen, dann kniete er sich neben mich. »Oh mein Gott«, sagte er mit zittriger Stimme. Er drehte mich vorsichtig von der Bauch- in die Rückenlage, meinen Kopf dabei sorgsam auf seiner Hand gebettet. »Rain.« Aus seiner Stimme klang Verzweiflung.

Ich versuchte, meine Lider zu öffnen, in der Hoffnung das schöne Dunkelbraun seiner Augen zu sehen. Doch es gelang mir nicht. Der Pflock war fort, doch das Brennen blieb. Im nächsten Moment spürte ich, wie er mich hochhob und die Treppe hinauftrug.

In seinem Zimmer legte er mich vorsichtig auf sein Bett. Ich hörte, wie er die Schranktür öffnete und schloss, dann zog er mir behutsam mein zerrissenes Oberteil aus. Als seine warmen Finger meine Wunde berührten, bäumte ich mich unter Schmerzen auf, woraufhin er sofort von mir abließ.

»Schon gut, schon gut«, versuchte er, mich zu beruhigen, und sah davon ab die Stelle ein weiteres Mal anzufassen. Stattdessen legte er seine Hand an meine verschwitzte Stirn und strich sorgsam ein paar verklebte Haare aus meinem Gesicht.

»Was kann ich tun, um dir zu helfen?« Seine Unterlippe zitterte, als er sprach.

Ich schluckte, dann schüttelte ich den Kopf. »Ich ... weiß es nicht.« Meine Stimme war schwach und mein Hals brannte bei jedem Wort.

In dieser Nacht lag Aidan nicht an meiner Seite. Er blieb die ganze Zeit auf einem Stuhl neben dem

Bett sitzen und hielt meine Hand. Immer wieder strich er mit einem kühlen Tuch über meine Stirn, doch das Feuer, das in meinem Innern zu lodern schien, beeindruckte das nicht. Schließlich schnitt er sich in das eben erst verheilte Handgelenk in der Hoffnung, das Blut würde mich stärken. Tatsächlich führte es zu einer kurzen Linderung der Schmerzen, doch die Übelkeit und die kaum zu ertragende Hitze blieben.

* * *

Als ich am Morgen einigermaßen klar aus meiner Trance erwachte, war Aidan neben mir eingeschlafen. In Gedanken kehrte ich zurück nach Hause. Ich dachte an Luca, der nie wieder in meinem Lager würde spielen können. Ich dachte an die kleine Jas, die sich ihre morgendliche Süßigkeit nun woanders besorgen musste. Und ich dachte an Maggie.

Oh, Maggie. Hätte sie gewusst, was hier passieren würde, sie hätte mich nie gehen lassen. Und doch war ich dankbar. Dankbar für alles. Ja, sogar für diesen brennenden Schmerz und das unweigerliche Ende, dem ich nun mit schnellen Schritten entgegensah. Denn das eine wäre nicht ohne das andere geschehen. Ich hätte Aidan nie kennengelernt, hätte meine Ewigkeit im ›Blutbrötchen‹ verbracht. Wahrscheinlich hätte ich mein Leben lang auf irgendetwas gewartet, das nie gekommen wäre. Schon gar nicht hätte ich jemanden gefunden, dem ich mein Herz schenken konnte. Denn ich glaubte nach wie vor an das Schicksal, und das Schicksal hatte uns zusammen gebracht, wenn auch nur für kurze Zeit.

Mit einem Mal ging ein Ruck durch Aidans Körper und er wachte auf, als hätte ihn jemand geschlagen und er stand auf. Erst als er bemerkte, dass ich wach war, setzte er sich wieder zu mir, nahm abermals meine Hand und lächelte mich warm an.

»Hey, Süße«, flüsterte er sanft.

»Hey«, antwortete ich müde.

»Ich muss nicht fragen, wie es dir geht, hmm?«

Zur Antwort schüttelte ich den Kopf und lächelte leicht.

»Hey, du lächelst ja«, merkte er daraufhin an.

Ich nickte. »Ich hab' an Luca gedacht und an Maggie und an uns.«

Für einige Atemzüge erstarrte Aidan. Zuerst nahm ich an, dass es daran lag, dass ich Luc erwähnte, doch dann rief er plötzlich: »Maggie!«

Und dann ging alles ganz schnell.

Er griff nach einem Rucksack, meinem Umhang und meinem Datapad sowie einem zusammengeknüllten Stück Papier auf seinem Schreibtisch, dann hob er mich aus dem Bett und trug mich nach unten.

Als seine Mutter uns sah, öffnete sie überrascht den Mund. »Aidan?«, setzte sie an.

»Gleich, Mutter«, antwortete er, noch bevor sie ihre Frage richtig hatte stellen können. Er legte mich auf der durchgelegenen Wohnzimmercouch ab. Ich hatte nicht genug Kraft, um mich mit den Händen abzudrücken und einen Blick über die Rückenlehne zu erhaschen, doch hörte ich, wie das Papier auseinandergefaltet und auf dem Küchentisch glatt gestrichen wurde.

»Das hier ist der offene Verbindungspunkt, an dem ich 'runtergefallen bin.« Ein Stift wurde über das Papier gezogen. »Und hier ist Rains Wohnung.«

»Warum zeigst du mir das?« Seine Mutter klang so, als ahnte sie etwas Schreckliches.

»Wenn irgendetwas passieren sollte, kannst du mich dort finden.«

»Du willst wieder nach unten? Aidan, das ist Selbstmord!«

»Mag sein. Aber ich habe eine reelle Chance, da lebend wieder rauszukommen. Wenn wir hierbleiben, kann ich ihr nur noch beim Sterben zusehen.«

Die Reaktion war Schweigen.

»Wo ist Ben?«, fragte Aidan nach ein paar Sekunden.

»In seinem Zimmer. Er hatte eine lange Reise.«

»Gut.«

Aidan kam zu mir und ich spürte, wie er mich wieder hochhob.

Im Gehen drehte Aidan sich noch einmal um. »Sag Cally, dass ich sie lieb habe.« Ich konnte ihn nicht sehen, meine Lider waren zu schwer geworden, doch ich hörte am Klang seiner Stimme, dass er leicht lächelte, wie so häufig, wenn er an seine kleine Schwester dachte oder mit ihr sprach.

»Das mache ich«, versprach Rose, dann umfasste sie plötzlich seinen Oberarm. »Aidan, warum tust du das alles? Aus Dankbarkeit?«

»Nein«, antwortete er entschlossen. »Aus Liebe, Mutter.«

Mein geschwächtes Herz machte einen zarten Hüpfer. Es war das allererste Mal, dass ich ihn von Liebe sprechen hörte. Wir hatten einander die magischen drei Worte nie gesagt. Ich hatte die Liebe bisher nicht kennengelernt, woher hätte ich wissen sollen, dass ich mich längst in ihn, einen

Menschen, verliebt hatte?

»Passt auf euch auf«, waren die letzten Worte, die ich für eine ganze Weile hören sollte.

* * *

»Rain? Rain?«

Ich war so unendlich müde. Doch Aidans warme Stimme klang derart besorgt, dass ich mich dazu zwang, meine Lider einen Spalt zu öffnen.

»Wir sind da«, sagte er und hielt meine Hand ganz fest. Dann sah ich, wie er das Datapad in mein verschwommenes Sichtfeld hob. Ich musste alle Kraft aufwenden, die mein lädierter Körper noch in sich trug, um das Gerät anzuschalten und im Menü den Punkt für das Öffnen meiner Tür anzutippen. Doch schließlich signalisierte uns ein leiser Piepton, dass die Aktion erfolgreich gewesen war. Aidan huschte zügig mit mir hindurch, eilte in meine Wohnung und legte mich auf meine gemütliche Couch.

»Nur noch ein bisschen. Du musst nur noch ein bisschen durchhalten«, redete er mir gut zu, während er mein Gesicht streichelte.

Plötzlich begann mein Datapad derart wild zu vibrieren, dass es beinahe vom Tisch gefallen wäre. Müde beobachtete ich, wie er auf den Bildschirm starrte und dann verzweifelt versuchte, darauf zu tippen. »Mist«, fluchte er, als ihm klar wurde, dass es tatsächlich nur auf meine Finger reagierte.

Es war das Letzte, was ich sah, ehe ich schließlich und wahrscheinlich endgültig in der Dunkelheit versank.

Rettung

»Rain?«

Als ich die Augen aufschlug, wurde ich von der Sonne geblendet. Zuerst wollte ich ihren Strahlen ausweichen, doch dann bemerkte ich, dass sie mir gar nicht weh taten. Im Gegenteil. Sie streichelten meine Haut mit ihrer sanften Wärme.

Ich sah nach oben – in zwei wunderschöne dunkelbraune Augen. Aidan lächelte mich an und legte ein Tablett auf meiner Bettdecke ab. Darauf lagen Brötchen ohne Blut, Eier, Wurst und Käse und daneben stand eine Tasse schokobraunen Kakaos.

»Für wen ist das?«, fragte ich verdutzt.

»Na, für dich, Süße«, antwortete Aidan und hob eine Augenbraue, ganz so, als wäre meine Frage ziemlich dumm gewesen.

Ich biss herzhaft in das Brötchen. Es schmeckte gut und nahrhaft. Das Blut darin vermisste ich in keiner Weise.

Erst nachdem ich runtergeschluckt hatte, kam ich dazu, mich umzusehen. Das Zimmer, in dem ich saß, war mir fremd und vertraut zugleich. Fremd, weil ich mich nicht daran erinnern konnte, es zu kennen. Vertraut, weil ich mich darin so wohl fühlte, als hätte ich seit Jahren hier jede Nacht verbracht und viele gemeinsame Stunden mit Aidan erlebt.

Plötzlich ging die Tür auf und ein kleines Mädchen sprang zu mir ins Bett. Sie gab mir einen feuchten Kuss mit ihren kleinen rosigen Lippen, schlang ihre Ärmchen liebevoll um meinen Hals und umarmte mich. Sie hatte haselnussbraunes Haar und blaue Augen. Die Art, wie sie ihr Haar zu Zöpfen gebunden hatte und auch ihr rundliches Gesicht erinnerten mich an Cally, doch es war eindeutig nicht Aidans Schwester. Noch ehe ich jedoch nach ihr fragen konnte, beantwortete Aidan unbeabsichtigt meine Frage.

»Hey, hey, lass Mami doch erst mal fertig frühstücken, Prinzessin.«

Das Kind ließ mich los und setzte sich vor mir auf die Bettdecke, dann grinste sie mich an. *Mami?* War das etwa mein Kind? So ähnlich, wie sie Callidora sah, kam nur Aidan als Vater in Frage. Aber das war doch nicht möglich, oder doch? Und dann noch die Sache mit der Sonne. Was war hier nur los?

»Hast du keinen Hunger?«, fragte Aidan und nahm am Bettrand Platz. Das Mädchen krabbelte zu ihm und setzte sich auf seinen Schoß. Jetzt erst fiel mir auf, dass er zwei gesunde Hände hatte. Kein Lederhandschuh, keine Silberprothese.

Sein Gesicht war ungewohnt gepflegt und seine Kleider sahen aus, als hätte er sie heute zum ersten Mal angezogen.

»Wo bin ich?«, stellte ich nun im Gegenzug eine Frage.

»Na, zuhause«, antwortete er und sah mich etwas besorgt an.

Ich stellte das Tablett weg, stieg aus dem Bett und ging mit schnellen Schritten aus dem Zimmer. Ich musste nicht nachdenken, meine Füße trugen mich ganz automatisch nach unten. Die grobe Anordnung der einzelnen Zimmer erinnerte mich an Aidans Haus, doch alles sah viel moderner und frischer aus. Die rote Couch war verschwunden, stattdessen stand da ein großes cremefarbenes Sofa mit blauen LED-Streifen an der Unterseite. Ich drehte mich um, rannte zur Haustür und riss sie auf, um nach draußen zu gehen. Dabei stieß ich mit jemandem vor der Tür zusammen und fiel rücklings zu Boden. Beim Blick nach oben sah ich in Maggies Gesicht.

Zwar wurde dieses nach wie vor von feuerrotem Haar umrahmt, doch entdeckte ich darin erstmals jede Menge kleiner Sommersprossen. »Maggie?«

Sie lächelte mich an. »Hey, Rain«, begrüßte sie mich und reichte mir die Hand. »Wie fühlst du dich?«

»Was?«

»Mach die Augen auf«, sagte sie.

Jetzt verstand ich gar nichts mehr. Meine Augen waren doch offen?

»Rain?«, hörte ich sie rufen, obwohl ihr Mund geschlossen war. »Rain!«

Und dann schlug ich meine Augen tatsächlich auf und starrte auf die weiße Zimmerdecke in meiner Wohnung. Mein Kopf fühlte sich an, als wären drei Hovercars mit kaputten Sensoren daran vorbei gestreift und das Licht blendete mich so sehr, dass meine Augen brannten.

»Gott sei Dank«, hörte ich eine Stimme sagen und drehte meinen Kopf in die Richtung, aus der sie kam. Es war wirklich Maggie. Sie saß auf einem Hocker neben dem Sofa und lächelte mich warm an.

»Wo bin ich?«, fragte ich abermals. Doch dieses Mal kamen die Worte nicht so leicht aus meinem Mund. Meine Kehle war derart ausgetrocknet, dass jedes einzelne Wort schmerzte.

»Zuhause«, antwortet sie, wahrscheinlich ohne zu wissen, dass sie damit fast dieselbe Antwort gab wie Aidan wenige Augenblicke zuvor. Ich musste geträumt haben.

Ganz automatisch suchte ich nach Aidan. Er sah sehr müde aus, wie er hinter Maggie auf dem Schreibtischstuhl saß.

»Aidan«, krächzte ich und hob ihm meine Hand entgegen. Er stand sofort auf, kam zu mir herüber, kniete vor der Couch und nahm sie in seine.

»Hey, Süße«, begrüßte er mich.

»Was ... was ist denn passiert?«

»An was erinnerst du dich noch?«, fragte er.

Ich überlegte kurz. »Ben ... Silber ...«, sagte ich dann müde.

Aidan nickte traurig.

»Ich hab ewig versucht, dich zu kontaktieren und dir gefühlt tausend Nachrichten geschrieben«, begann Maggie. »Doch statt einer Antwort stand er hier mit einem Mal vor meiner Tür.« Sie deutete auf Aidan. »Er hat wohl verzweifelt versucht, dein Datapad zu benutzen um mich zu erreichen. Doch das hat logischerweise nicht funktioniert und so hat er sich kurzerhand auf den Weg zu mir gemacht. Glücklicherweise hat Dad auch unser Café auf seiner Karte markiert, so konnte er den Hinweg ganz ohne Hovercar finden. Es hat natürlich länger gedauert und wir hatten schon befürchtet, das Gegenmittel käme zu spät. Aber siehe da, du hast es doch geschafft.«

»Wie lange ...«, setzte ich an.

»Du bewusstlos warst?« Ich musste den Satz gar nicht erst mühselig beenden, Maggie nahm es mir einfach ab. »Drei Tage. Ich hab schon gedacht, ich müsste dich in die Heilanlagen bringen.«

»Luca?« Meine Fragen nahmen einfach kein Ende.

»Den hab ich erst mal vertröstet. Hab ihm erzählt, wir wären auf einem Ausflug. Mädelsding. Du weißt schon.«

Ich zwang mich zu einem Lächeln. »Danke.«

»Nichts zu danken«, sagte sie, ganz so, als wäre es selbstverständlich, dass ihre beste Freundin ihr zuerst verschwieg, dass sie einen Menschen versteckte, dann für Wochen verschwand und letztlich mehr tot als lebendig wieder auftauchte.

* * *

Es dauerte noch zwei weitere Tage, bis ich wieder ohne Schmerzen sprechen und ohne Hilfe gehen konnte. Aidan und Maggie blieben die ganze Zeit an meiner Seite und halfen mir, wo sie nur konnten.

»Tut mir leid, dass wir deinen Vater nicht gefunden haben«, sagte ich zu Maggie, als wir am dritten Tag unten in meinem Geschäft saßen. Dieses Mal stand sie ausnahmsweise hinter der

Theke und saß ich auf einem der Barhocker davor.

»Schon gut. Ich hatte auch nicht erwartet, dass er dir sofort über den Weg läuft. Schließlich ist deren Welt mindestens so groß wie unsere.«

»Viel größer«, antwortete ich. Die Begeisterung in meiner Stimme zauberte meiner besten Freundin ein Lächeln aufs Gesicht. Sonst war sie immer diejenige gewesen, die sich über Menschliches freuen konnte.

»Erzähl«, sagte sie, überkreuzte die Arme auf dem Tresen und legte ihr Kinn darauf ab.

»Ihre Welt hat gigantische Wiesen und Wälder und Bäche und Teiche. Alles, was bei uns weiß ist, ist bei ihnen strahlend grün. Seine Familie hat riesige Äcker, auf denen sie ihre eigenen Kartoffeln anpflanzen. Und in der Nacht kannst du am Himmel die Sterne leuchten sehen, einer heller als der andere. Und manche von ihnen ergeben Sternenbilder.«

Ihr Mund verzog sich zu einem breiten Grinsen.

»Und was ist mit dem Regen?«

Maggie war vermutlich eine der wenigen Personen in meinem Leben, denen ich den Ursprung meines Namens anvertraut hatte.

»Er ist wundervoll. Tropfen für Tropfen. Und wenn er vorbeigezogen ist, riecht es erdig und frisch zugleich.«

»Sieht so aus, als hätten wir weit mehr aufgegeben als nur die Sonne«, sagte sie melancholisch.

»Weißt du denn, warum du dich hast verwandeln lassen?« Aidan kam gerade die Treppe von meiner Wohnung herunter und setzte sich zu uns.

»Ich kenne die genauen Umstände nicht. Aber mein Vater meinte, es sei eine geschäftliche Angelegenheit gewesen. Nachdem meine Mutter nach der Verwandlung verschwunden war, hat er es natürlich zutiefst bereut. Aber wenn es etwas gibt, das man nicht rückgängig machen kann, dann ist es das.« Sie öffnete den Mund und zeigte mit ihren hellen Fingern auf ihre spitzen Eckzähne.

»Seine kleine Schwester nennt uns ›Spitzzähne«, erzählte ich Maggie.

»Wirklich? Das ist ja süß«, kicherte sie.

Als hätte das Schicksal vernommen, von wem wir gerade sprachen, polterte es plötzlich gegen das geschlossene Tor.

»Wer ist das? Es ist fast Mitternacht«, fragte Maggie stirnrunzelnd.

Aidan stand vom Barhocker auf und ging langsam auf das Tor zu, den Körper in Abwehrhaltung. Ich hingegen griff zu meinem Datapad, um einen Blick auf die Aufnahmen der Außenkamera zu erhaschen. Vor meinem Tor stand eine komplett verhüllte Gestalt. Maggie warf ebenfalls einen Blick darauf, dann ging sie zu Aidan, packte ihn am Handgelenk und zog ihn vorsichtig, aber bestimmt, zurück.

»Aidan«, mahnte sie leise. Gegen einen Vampir hätte ein Mensch wenig Chancen, egal wie mutig er uns auch beschützen wollte.

Zögerlich tippte ich auf den Knopf, der das Tor öffnete. Ich ließ es aber nur gerade soweit hochfahren, dass man gebückt darunter durchschlüpfen konnte. Kaum stand der Fremde in meinem Lager, ließ er die Kapuze fallen und zu unser aller Überraschung stand Rose vor uns.

»Mutter?«, fragte Aidan ungläubig.

Maggie starrte erst Rose und dann Aidan an, dann ließ sie Letzteren los. Er ging auf seine Mutter zu, die ihre langen Finger in sein Shirt krallte und voller Sorge und mit glasigen Augen zu ihm aufschaute. »Sie haben sie! Sie haben sie mitgenommen!«

»Was? Wen?«, fragte er. Seine Augen verengten sich.

»Callidora!«, rief sie verzweifelt.

Ich schlug stumm die Hand vor den Mund.

»Warum? Weshalb?« Aidan löste die Hände seiner Mutter von seinem Shirt und umfasste sie fest. »Seit wann?«

»Letzte Nacht. Sie haben keine Fragen gestellt. Sie sind einfach ins Haus, die Treppen hoch, haben sie sediert und sind dann mit ihr weggefahren.«

»Und Ben?«

»Er hat noch versucht, sie aufzuhalten. Aber sie waren zu fünft.«

»Was haben sie mit ihm gemacht? Geht es ihm gut?«

Sie schüttelte den Kopf, Tränen liefen über ihr Gesicht. »Ich weiß es nicht«, wimmerte sie verzweifelt. »Ihn haben sie auch mitgenommen.«

Aidan ließ ihre Hände los und wandte sich ohne Vorwarnung zum Gehen. Ich blockierte rasch seinen Weg. »Was wird das?«

»Ich hole meine kleinen Geschwister da raus!«, knurrte er.

»Es ist meine Schuld, dass sie von Cally erfahren haben, daher ist es nur fair, dass ich mitkomme und dir helfe.«

Er schüttelte den Kopf. »Du bist noch zu schwach.«

»Das ist mir egal. Ich. Werde. Dir. Helfen«, ich betonte jedes Wort einzeln.

»Nein. Ich hab dich nicht vor gerade mal drei

Tagen gerettet, um dich jetzt wieder in Gefahr zu bringen.«

»Unter Vampiren bist du eindeutig in größerer Gefahr als ich. Erst recht ohne meine Hilfe.«

Aidan seufzte und sah schließlich ein, dass er mich nicht dazu würde überreden können, hierzubleiben und Däumchen zu drehen. »Mutter?« Er reichte ihr seine Hand, die diese daraufhin umfasste.

Maggie sah ratlos von einem zum anderen. »Was habt ihr denn jetzt vor?«

»Wir müssen ins Humanodrom gehen«, antwortete ich.

»Was?«, brüllte sie fast. »Rain, da kann man nicht einfach so reinspazieren.«

»Wir haben keine andere Wahl. Hast du noch deine Fanartikel vom HPP?«

»Ja«, antwortete sie tonlos.

»Gut, das brauche ich.«

Maggies Nähkunst und all die Fanartikel, die sie über die Jahre vom HPP gesammelt hatte, perfektionierte meine Fake-Identität als Mitglied des Projekts zum Schutz der Menschen. Es hatte schon einmal geklappt, vielleicht tat es das wieder. Mehr als ein ›vielleicht‹ war leider nicht drin. Ich wusste, dass ich es zu verantworten hatte, dass sie Cally geholt hatten. Es war allein meiner Dummheit zu verdanken. Aber noch sah ich die Möglichkeit, dass etwas, das sie zuvor erst in Gefahr gebracht hatte, sie nun womöglich würde retten können. Es war unsere einzige Chance.

»Passt auf euch auf und kommt ja heil wieder«, verabschiedete sich Maggie von uns, als wir mit den Vorbereitungen fertig waren.

Wieder nutzten wir die Morgenstunden, um zurück zum Aufgang zu gehen. Das Glück war auf unserer Seite. Niemand hielt uns auf.

Der Weg bis zu Aidans Zuhause fühlte sich deutlich länger an als beim ersten Mal, doch das konnte durchaus daran liegen, dass die erste Faszination vorüber war und wir zudem unter enormem Zeitdruck standen. Dort angekommen rannte Aidan sofort in den Keller, kam mit einem großen dunkelgrünen Sack zurück und leerte dessen Inhalt auf dem Küchentisch aus. Es handelte sich um gut ein Dutzend verschiedener Waffen. Eine kleine Pistole steckte er sich in den Hosenbund, eine weitere in die Innenseite seiner Lederjacke.

»Hier«, er reichte mir ein silbernes Messer mit ledernem Griff.

Ich schüttelte den Kopf. »Das brauche ich nicht.«

»Wenn sie dich angreifen, wirst du es brauchen!«, schrie er fast und steckte die Waffe in eine Lederhülle. Es war das erste Mal, dass er zornig wurde, während er mit mir sprach. Mit zittrigen Fingern nahm ich das Messer und tat es ihm gleich, indem ich es in den Bund meiner Hose steckte.

»Glaub mir, Mutter, ich werde nicht ohne sie zurückkommen«, versprach Aidan, als wir wenig später vor der Haustür standen.

»Passt auf euch auf«, wiederholte sie fast Maggies Worte. »Ich will nicht noch jemanden verlieren. Das würde ich nicht überleben.«

»Ich bringe ihn dir heil zurück, versprochen«, versicherte ich ihr mit einem leichten Lächeln auf den Lippen.

Zu meiner Überraschung lächelte sie zurück und legte ihre Hand an meine Wange. Sie war fast genauso warm wie die ihres Sohnes. »Das gilt auch für dich. Pass auf dich auf. Du magst nicht die erste Frau in Aidans Leben sein, aber du bist ganz bestimmt die erste, die ihm wirklich etwas bedeutet. Und damit bedeutest du auch mir etwas. Egal, ob du ein Mensch bist, ein Vampir oder eine Meerjungfrau. Du bist du, und das ist alles, was zählt.«

Meine Augen wurden glasig. »Danke«, sagte ich leise.

»Das war eine Lektion, die ich erst noch lernen musste«, sagte sie.

»Auf Wiedersehen, Mutter«, sagte Aidan und

gab ihr einen Kuss auf die Stirn.

»Wiedersehen«, fügte ich hinzu.

Da Aidan mir erzählt hatte, dass die Menschen kein Benzin mehr besaßen, hatte ich angenommen, dass wir laufen müssten. Doch stattdessen ging Aidan nicht vom Haus weg, sondern zu dem Wagen, der zwischen Callys Lieblingsbaum und dem Gebäude stand. Er war dunkelblau mit einer Ladefläche ohne Plane und drei Sitzen im Fahrerhäuschen.

»Ich dachte, ihr habt kein Benzin mehr?«, fragte ich verdutzt, während er die Türen aufschloss.

»Sagen wir, wir haben nicht sehr viel davon und was wir haben, nutzen wir für ganz spezielle Anlässe. Anlässe wie diesen hier.« Mit diesen Worten griff er zu einem Kanister im Fußraum des Beifahrers und kippte den kompletten Inhalt in den Tank. Dann kramte er ein kleines rechteckiges Gerät aus dem Handschuhfach, öffnete eine Klappe an der Vorderseite des Wagens und schloss zwei Kabel, ein rotes und ein blaues, an das Innenleben an.

»Was machst du da?«

»Den Motor starten«, erklärte er und setzte sich auf den Sitz hinter dem Lenkrad. »Das Auto stand ewig rum.« Als wäre das sein Stichwort, begann das Fahrzeug zuerst zu ächzen, dann wechselte es zu einem lauten Brummen. Ich zuckte zusammen.

»Und los geht's«, sagte Aidan, nachdem er das kleine Gerät wieder im Handschuhfach verstaut und den leeren Kanister auf die Ladefläche geworfen hatte.

Ich stieg ein und wir fuhren los. Es war ganz anders als das geräuschlose Schweben der Hovercars, viel grober und lauter und es stank fürchterlich. Aber es war vermutlich besser als zu Fuß zu gehen.

Der Weg zum Humanodrom war lang. Er führte uns vorbei an unzähligen verwilderten Äckern und einsamen Wäldern. Teile der Straßen hier oben waren mit großen Löchern übersät, die unser Fahrzeug glücklicherweise mit Bravour hinter sich brachte.

»Damit haben wir Eier, Milch und Kartoffeln zum Markt gebracht, als es uns noch erlaubt war«, erklärte Aidan, während ich mich an der Beifahrertür festkrallte.

»Wie weit ist es noch?«, fragte ich wie ein quengelndes Kind.

»Etwa drei Stunden. Zieh am besten deinen Umhang an, die Sonne geht bald auf.«

Als wäre Sonne das Stichwort gewesen, kamen wir just in diesem Moment an mehreren gigantischen Solarfeldern vorbei. Hier reihte sich Solarzelle an Solarzelle.

»Wahnsinn«, sagte ich, in mir ein gemischtes Gefühl aus Faszination über die Größe dessen, was da vor mir lag und Ekel darüber, wie wir den Lebensraum der Menschen für unsere eigenen Zwecke zupflasterten.

»Ja, *Wahnsinn* trifft es gut.« Die Art wie er das Wort betonte, ließ mich unmissverständlich wissen, dass er es anders meinte, als ich es ausgesprochen hatte.

»Weißt du«, begann er nach einiger Zeit, in der wir uns angeschwiegen hatten. »Manchmal wünschte ich, ich wäre in ein anderes Gebäude gelaufen.«

Ich sah ihn fragend an, unfähig, etwas zu sagen.

Er jedoch lächelte. »Dann wärst du nicht verletzt worden und könntest einfach weitermachen wie bisher. Ich weiß, du würdest es nie zugeben, aber wenn dein Plan fehlschlägt, war's das möglicherweise auch für dich. Artgenossen hin oder her.«

Zur Antwort legte ich meine Hand auf seine, die auf einem Hebel zwischen seinem und meinem Sitz lag. »Ich bin froh«, sagte ich leise.

»Froh?« Er nahm kurz den Blick von der Straße und sah mich an.

Ich nickte. »Ja, ich bin froh, dass es mein Lager war. Vergiss das nie, egal was passiert.«

»Du bist süß«, antwortete er. Seine nächsten Worte ließen mich erschrocken aufsehen. »Da ist es«, sagte er tonlos.

Vor uns tauchte eine gigantische Anlage auf. Betongebäude um Betongebäude reihten sich aneinander. Zwischen ihnen ragten zwei große, breite Türme empor, die dunkle Rauchwolken in den Himmel über dem Gebäudekomplex bliesen und ihn verfinsterten. Um das Gelände zog sich ein stacheliger Zaun, an dem stellenweise zähe Pflanzen rankten, die noch nicht von der giftigen Luft erstickt worden waren.

»Das ist also das Humanodrom«, sagte ich beim Anblick dieses Trauerspiels.

»Menschlich ist höchstens die Erinnerung daran, dass wir selbst Schuld an allem sind. Denn es waren Menschen, die das Mittel zur Verwandlung erschaffen haben. Und es waren auch Menschen, die dieses Gefängnis gebaut hatten. Nur sperrten sie damals einander noch gegenseitig ein.«

Damit kam unser Wagen zum Stehen. Bis zum Gebäude war es noch ein gutes Stück zu Fuß, doch es war mir lieber zu gehen als frühzeitig aufzufliegen. Also öffnete ich meine Tür und stieg aus.

»Rain!«, rief Aidan sofort, stieg ebenfalls aus dem Wagen und rannte um die Motorhaube herum. »Mach' jetzt keinen auf mutige Solokämpferin.« Er legte seine beiden Hände auf meine Schultern und sah mich eindringlich an. »Bitte«, fügte er dann noch hinzu.

»Es tut mir leid, aber es geht nicht anders. Nur so haben wir eine Chance, deine Schwester zu retten.«

»Oder dich auch noch zu verlieren«, erwiderte er und hob die Augenbrauen.

»Bitte vertrau' mir«, flehte ich.

Er schnalzte mit der Zunge und ließ mich los.

»Ich weiß, dass ich es schaffen kann.«

Er lief nervös im Kreis. »Rain«, sagte er durch die zusammengebissene Zähne.

»Bitte.«

»Meinetwegen«, sagte er und blieb stehen. »Aber wenn du in einer Stunde nicht zurück bist, geh ich da rein.«

»Aber du-«

Er unterbrach mich. »Ich hab meiner Mutter versprochen, sie zurückzubringen und ohne sie werde ich nicht gehen.«

Ich seufzte. »Okay.«

»Gut«, bestätigte er.

Ich warf noch einen Blick zu den Rauchwolken. Sie waren so dicht, dass sich mein Umhang erübrigte.

»Rain, sieh mich an.« Aidans Hände umfassten mein Gesicht und seine Lippen legten sich auf meine. Es fühlte sich erschreckend nach einem Ende an und jagte mir einen Schauer über den Rücken. Er löste sich von mir.

»Komm zurück zu mir«, sagte er, mein Gesicht noch immer in den Händen, dann ließ er mich los.

Ich reichte ihm meinen Umhang, dann zwang ich mich, den Blick von ihm abzuwenden und mich umzudrehen und machte mich auf zu meiner vielleicht letzten Dummheit.

Das Humanodrom

Wohlwissend, dass jeder Schritt mein Letzter sein konnte, kam ich dem Humanodrom langsam näher. Natürlich hatte ich Angst vor dem, was vor mir lag. Doch fast noch mehr Angst hatte ich davor, zurückzublicken und Aidan neben dem Wagen stehen zu sehen. Ich wusste nicht, was ich täte. Vielleicht umdrehen? Vielleicht weitergehen? Es auszuprobieren wagte ich nicht. Also ging ich einfach weiter.

Und je näher ich den Mauern kam, desto mehr

wurde ich mir ihrer Details bewusst. Die Fassade bestand aus bröckeligem Beton, Fenster sah ich nur sehr wenige. Sie waren recht klein und zudem von teilweise rostenden Gittern versperrt. Der Rauch, der aus den Türmen quoll, stank bestialisch und für mich undefinierbar. Was verbrannten sie hier bloß?

Nach dem, was sich für mich wie Sekunden und gleichzeitig wie Tage anfühlte, kam ich schließlich am einzigen sichtbaren Tor im Zaun an. Links und rechts davon befanden sich Wachposten. Da war sie also, die erste Hürde. Ich atmete einmal durch. Auch als die beiden Männer mich ansahen, verlangsamte ich mein zielstrebiges Voranschreiten nicht.

Genau wie die beiden in Aidans Zuhause verhielten sich die Vampire hier mir gegenüber höflich. Erst nickten sie, dann begrüßten sie mich mit einem freundlichen ›Hallo‹. Ich nickte ebenfalls, griff in die Innentasche meines Blazers und zog souverän meine gefälschte HPP-Visitenkarte hervor.

»Unangemeldete Sicherheitskontrolle«, log ich, und das für meine Verhältnisse erstaunlich gut.

Die Wachposten sahen einander kurz an, dann nickten sie abermals und ließen mich gewähren. Das war also geschafft.

Hinter der Umzäunung war die Anlage jedoch nicht weniger schrecklich, als sie von außen den Anschein erweckt hatte. Im Gegenteil. Der Gestank war hier noch widerlicher, die Trostlosigkeit, die die Mauern ausstrahlten, noch erstickender. An den Zaun hatten sich noch ein paar Pflänzchen geklammert, hier aber gab es absolut nichts Grünes mehr. Die dominierenden Farben waren Betongrau und das Dunkelbraun der staubtrockenen Erde, auf der ich mit meinen hohen Schuhen so elegant wie möglich zu laufen versuchte.

Je näher ich dem Eingang kam, desto mehr wunderte es mich, dass ich abgesehen von den beiden Wächtern am Tor niemanden sonst auf dem Außengelände entdeckte. Erst als ich in das

Gebäude eintrat, befand ich mich plötzlich wieder in Gesellschaft – und diese kam direkt zur Sache. Eine Frau mit brünettem, hochgestecktem Haar kam auf mich zu. Zwar schenkte sie mir noch kurz ein leichtes Lächeln, doch dieses verschwand so schnell, wie sie auf der Bildfläche erschienen war.

»Ich bin-«, setzte ich an, doch fiel sie mir sogleich ins Wort.

»HPP, ja, ich weiß«, sagte sie entnervt. »Kommen Sie bitte mit.« Dann lief sie derart zügig davon, dass ich mit den ungewohnten Schuhen fast ein bisschen Mühe hatte Schritt zu halten. »Ihr gebt auch niemals auf, nicht wahr?«, fragte sie, während wir durch mehrere nahezu identische Gänge gingen. Sie unterschieden sich nur durch die Nummern an den Stahltüren, die links und rechts in die Wände eingelassen waren.

»Nein«, sagte ich nur. Ich wünschte mir, ich hätte mit Maggie mehr Reportagen über die Aktionen des Programms angeschaut, dann wäre meine Antwort vielleicht schlagfertiger ausgefallen.

Irgendwann kamen wir am Ende eines Ganges an, wo sie mich in ein Zimmer setzte, das zumindest nicht ganz so geschmacklos wirkte wie der Rest des Gebäudes. Zwar waren auch hier die Wände aus kaltem, nacktem Beton, doch erinnerten mich das weiße Mobiliar und die Plastikpflanzen an mein Zuhause.

»Bitte warten Sie hier.« Trotz ihrer Formulierung als Bitte schlug ihre Stimme einen eindeutigen Befehlston an. Dann schloss sie die schwere Tür hinter sich und klackerte davon.

Ich blieb zurück und wartete. Durch die Wochen bei Aidan war ich es gewohnt kein Datapad mehr zu haben. Dennoch vermisste ich es jetzt, denn es fiel mir schwer, mein Zeitgefühl zu bewahren. Wie lange ich schlussendlich hier saß und darauf wartete, dass sich jemand meiner annahm, konnte ich nicht sicher sagen. Es mochten nur 20 Minuten gewesen sein, vielleicht aber auch eine ganze Stunde.

Irgendwann schwang die Tür auf und ein älterer Herr mit weißem Haar, dunkelblauem Anzug und roter Krawatte trat ein. Links und rechts wurde er von zwei Männern in schwarzen Anzügen und mit Sonnenbrillen flankiert. Einer von ihnen kam ohne Umschweife auf mich zu, woraufhin ich schnell aufstand.

»Ich bin Mitglied des Human Protection Program und verlange die Freilassung meiner beiden Schützlinge, und zwar auf der St-«, versuchte ich, mich zumindest verbal durchzusetzen.

Ohne mich jedoch ausreden zu lassen, griff der Typ nach meinem Handgelenk, zog den Ärmel zurück und schob meinen Armreif beiseite. Ich wollte meine Hand wegziehen, doch kaum dass er meine Nummer gesehen hatte, ließ er mich los und nickte dem Weißhaarigen zu. Dieser nickte zurück.

»Hört mir überhaupt jemand zu?«, fragte ich gleichermaßen empört wie verunsichert.

Hatte mein Tattoo etwa eine Bedeutung für sie?

Wenn ja, welche?

Die drei rührten sich keinen Millimeter, stattdessen vernahm ich plötzlich Schritte hinter ihnen. Im nächsten Augenblick wäre mir dann fast das Herz stehen geblieben. Wer sich durch sie hindurch schob, war kein anderer als mein bester Freund.

»Luc!«, rief ich erschrocken aus. Es wurde immer verwirrender. Was machte er hier?

»Rain, was machst du hier?«, stellte er mir dieselbe Frage. In seiner Stimme lagen Enttäuschung und Wut.

»Ich ... ich«, suchte ich verzweifelt nach den richtigen Worten. Doch welche Worte gab es hierfür schon? Ich habe mich in einen Menschen verliebt, ihn wochenlang hinter deinem Rücken versteckt und möchte nun seine Geschwister retten?

»Dieselbe Frage könnte ich dir stellen«, versuchte ich stattdessen den Spieß umzudrehen und das Unausweichliche hinauszuzögern.

»Das Humanodrom gehört zu den Aufgabengebieten meines Vaters. Ich begleite ihn und lerne«, antwortete er.

Mein Blick fiel auf den Weißhaarigen. »Das ist dein Vater?«

Ich sah ihn kurz lächeln, dann zog Luc meine Aufmerksamkeit wieder auf sich.

»Ja! Also was machst du hier?«, wiederholte er seine Frage.

»Ich ...«, setzte ich erneut an. »Das kann ich dir nicht sagen.«

»Du wirst es mir aber sagen müssen.« Er musterte mich eindringlich, während er sprach. »Sonst werden *die* es aus dir herausquetschen.« Er zeigte auf die beiden Kerle links und rechts seines Vaters.

So langsam fühlte ich mich ziemlich ratlos. Wenn ich ihm von Aidan erzählte, brachte ich auch ihn und seine Mutter in Gefahr. Und vielleicht auch Maggie. Das konnte ich auf keinen Fall zulassen, ich hatte schon genug angerichtet.

»Ich möchte ein kleines Mädchen und ihren Bruder retten, die beide hierher gebracht wurden.« Die halbe Wahrheit – mehr war ich nicht bereit zu geben.

Luca sah zum linken Anzugträger.

»Produkt C106245 und B369«, sagte dieser, als hätte Luca ihm eine Frage gestellt.

Als ich die Nummern hörte, erinnerte ich mich daran, wie Aidan mir davon erzählt hatte. Von ihren Namen schienen tatsächlich nur noch ihre Anfangsbuchstaben übrig geblieben zu sein.

»Rain.« Lucas Hände umfassten meine Schultern derart kräftig, dass es ein wenig schmerzte. »Das Mädchen wurde für das Zuchtprogramm ausgewählt, weil ihre Familie nicht ihren Soll erfüllt hat und der andere hat unser Personal angegriffen und wurde vorläufig inhaftiert.«

»Ja, er hat sie angegriffen, um seine Schwester zu beschützen. Ist das denn so schwer zu begreifen? Und was heißt hier ›Zuchtprogramm‹? Callidora ist ein Kind! Das ist krank!«

»Sie wird selbstverständlich erst in einigen Jahren eingesetzt«, versuchte Luca, die perversen Aktionen seines ach so geliebten Systems zu rechtfertigen.

»Luca!«, schrie ich ihn daraufhin an.

Er war im Begriff zu antworten, als wir in der Nähe Schüsse hörten. Für einen Moment starrten wir alle regungslos in die Richtung, aus der sie gekommen waren. Dann waren die beiden Anzugträger die ersten, die sich umdrehten. Lucas Vater, Luca selbst und ich folgten ihnen.

Im Eingangsbereich des Gebäudes sahen wir schließlich was oder besser wer die Waffe abgefeuert hatte. Aidan. *Natürlich*, dachte ich. *Eine Stunde.*

Vor ihm lagen vier Personen leblos auf dem kalten Betonboden. Er wiederum stand atemlos in ihrer Mitte und lud seine Pistole nach. Seinen Handschuh trug er nicht mehr. Als unsere Blicke sich trafen, sah ich in seinen Augen nichts als Entschlossenheit. Er würde kämpfen. Bis zum Tod.

Unvermittelt stürmte einer der beiden Bodyguards auf ihn zu. Ohne zu zögern richtete Aidan seine Waffe auf ihn und streckte ihn mit einem präzisen Schuss in die Stirn nieder. Ihm folgten zwei weitere, die aus Seiteneingängen herbeieilten. Auch sie fanden durch Aidans Hand den Tod. Als dann der zweite Bodyguard zum Angriff überging, verfehlte Aidan ihn mit zwei aufeinanderfolgenden Schüssen um Haaresbreite.

Aidan drückte ein weiteres Mal ab. Als nichts geschah, ließ er die kleine Pistole einfach fallen und war im Begriff, nach seiner Ersatzwaffe in der Innentasche seiner Lederjacke zu greifen. Sein Angreifer tat es ihm gleich und zog eine Handfeuerwaffe aus seinem Sakko.

In mir machte sich Panik breit. Wenn nicht gleich etwas geschah, würde er ihn ganz sicher umbringen. Mehr aus der Not als aus direkter Tötungsabsicht heraus griff ich mit einer schnellen Abfolge intuitiver Bewegungen zum Messer in meinem Hosenbund. Ich entfernte den ledernen

Schutz und warf es derart schwungvoll in Aidans Richtung, dass die silberne Klinge sich durch das Schulterblatt des Vampirs vor ihm bohrte. Mit einem kurzen Schrei ging er zu Boden. Seine Waffe rutschte aus seiner leblosen Hand und quer über den Beton. Aidan hob sie auf. Nun mit zwei Waffen ausgerüstet visierte er sein nächstes Ziel an: Luca.

Auf keinen Fall wollte ich mit ansehen, wie der Mensch, den ich liebte, meinen ehemals besten Freund umbrachte. Mit schnellen Schritten rannte ich zu Aidan und stellte mich direkt vor ihn.

Er sah verständnislos zu mir herab.

»Diesen Kampf kannst du nicht gewinnen«, flüsterte ich ihm zu.

»Rain!«, rief Luca.

Ich drehte mich zu ihm um und sah, dass er auf uns zukam. Aidan, der direkt hinter mir stand, legte schützend seinen gesunden Arm um mich.

»Keinen Schritt weiter«, knurrte er.

Luca blieb etwa zwei Meter vor uns stehen.

»Rain, warum tust du das?«

»Ich kann nicht anders«, antwortete ich voller Verzweiflung. Trotz allem war Luca mir immer ein guter Freund gewesen und es schmerzte, was ich ihm antun musste. Mehr noch würde es jedoch schmerzen, müsste ich mit ansehen, wie Aidan starb.

Plötzlich stürzten unzählige weitere Vampire aus den Gängen und umstellten uns. Die Situation schien ausweglos. Es gab nichts mehr, was wir tun konnten um das Unausweichliche zu verhindern. Also schlossen wir beide die Augen und pressten unsere Körper enger aneinander. Ich spürte Aidans warmen Atem an meinem Hals und roch unter all dem Blut und Schweiß jenen Duft, den ich so sehr an ihm mochte. Jetzt konnte ich nur noch hoffen, dass er das Letzte war, was ich wahrnehmen würde, bevor ich diese Welt verließ.

Doch als ich mit der endgültigen Finsternis rechnete, hörte ich zum ersten Mal die Stimme von Lucas Vater. Sie war erstaunlich tief für einen Vampir. Es war nur ein einziges Wort und er sprach es mit einer Gelassenheit aus, die mich schaudern ließ. »Rückzug.«

Ich öffnete langsam die Lider und sah, wie sich die Vampire, die uns zuvor noch umzingelt hatten, umdrehten und einfach gingen, als wären wir gar nicht mehr da. Einige von ihnen nahmen die Toten mit. Zurück blieben nur Aidan, Luca, dessen Vater und ich. Ersterer sah sich genauso verwundert um wie ich und ließ seinen Arm sinken.

Ich wandte mich an Luca. »Warum haben sie uns nicht angegriffen?«

Luca sah kurz zu seinem Vater hinüber, ganz so, als bäte er um Erlaubnis zu antworten. »Du bist ... wichtig«, gab er zögerlich zu.

»Wichtig?«, wiederholte ich.

Doch Luca ging nicht näher darauf ein. »Dieses eine Mal kommt ihr davon«, begann er stattdessen zu erklären. »Wir lassen das Mädchen und die beiden Männer frei und sehen davon ab, sie für das, was heute oder in der Vergangenheit passiert ist, zur Verantwortung zu ziehen.«

Ich blickte ungläubig von Luca zu Aidan und zurück.

»Wenn«, Luca betonte das Wort und machte eine Pause.

»Ja?«, hakte ich nach.

»Wenn du dafür mit uns zurück nach Vampirya kommst und uns das Schlupfloch verrätst, durch das du hierher gekommen bist.«

Ich musste schlucken. Ihm das zu verraten, war gleichbedeutend damit, Aidan und seine Familie nie wieder zu sehen. Hilfesuchend drehte ich mich zu Aidan um und sah zu ihm auf. Er schenkte mir nichts weiter als ein sanftes Lächeln und nickte. Doch seine Augen verrieten mir, dass er sich unserer bevorstehenden Trennung ebenfalls bewusst war.

Ich wandte mich wieder Luca zu, der noch immer auf meine Antwort wartete.

»Meinetwegen«, antwortete ich schweren Herzens.

»Gut«, sagte Luca.

Sein Vater legte seine Hand auf die Schulter seines Sohnes, dann ging auch er.

»Folgt mir«, befahl Luca, kaum dass er außer Sichtweite war.

Er führte uns quer durch die verzweigten Gänge, vorbei an unzähligen, stählernen Türen, bis wir schließlich bei einer Tür mit der Nummer 365 stehen blieben. Er ließ sein Handgelenk von einer kleinen Vorrichtung an der Tür einscannen. Mit einem zarten Piepton öffnete sie sich. Luca hielt sie uns auf, trat jedoch selbst nicht ein. Stattdessen deutete er uns mit einer Geste an, dass er uns den Vortritt ließ.

Hinter der Tür sah es ebenso trostlos aus wie in den Gängen draußen. Das Zimmer war sehr schmal. Anstelle eines Bettes ragte an der hinteren Wand ein Klotz aus Beton aus der Wand. An der linken Seite gab es ein Waschbecken und eine Toilette, beide aus Edelstahl. Als einzige Lichtquelle diente ein winziges, vergittertes Fenster. Doch ich brauchte kein Licht, um die kleine Silhouette auf dem Betonbett zu erkennen. Sie sah sehr müde und mitgenommen aus, ihr süßes Kleid war schmutzig und ihre Haare zerzaust, doch kaum, dass Cally uns sah, breitete sich ein wundervolles Lächeln auf ihrem niedlichen Gesicht aus. Sie sprang auf und ihrem großen Bruder direkt in die Arme.

»Aidan!«, rief sie erleichtert.

»Sonnenschein!«, begrüßte er die Kleine, hob sie erst hoch über seinen Kopf und gab ihr dann einen zärtlichen Kuss auf die Wange.

»Rain!«, kam es dann aus ihrem Mund, kaum dass sie mich knapp hinter Aidan stehen sah.

»Hallo, Callylein«, sagte ich.

Aidan senkte die Arme, setzte seine Schwester jedoch nicht ab, sondern ließ sie auf seinem linken Arm sitzen, während sie ihre kleinen Ärmchen um seinen Hals schlang.

»Gehen wir jetzt nach Hause?«, fragte sie.

Aidan nickte. »Ja.«

Alle drei sahen wir zu Luca. Er nickte, dann führte er uns ohne zu zögern durch weitere Gänge. Schließlich öffnete er uns Tür Nummer 1501, hinter der Ben schon knurrend wartete. Als er uns erkannte, wechselte sein Gesichtsausdruck schlagartig von Wut zu Verwunderung.

»Was zum ...?«, begann er, doch Aidan fiel ihm ins Wort.

»Stell keine Fragen, Kleiner. Komm einfach mit.«

Ben sah von mir zu Luca, dann setzte er sich in Bewegung und gemeinsam verließen wir seine Zelle.

Die ganze Zeit über konnte man ihm förmlich ansehen, dass unzählige Fragen ihm auf der Zunge lagen, doch gehorchte er trotz allem seinem älteren Bruder und schwieg.

Luca und ich begleiteten die drei Menschen bis zu ihrem Wagen. Er stand noch immer dort, wo ich ihn zuletzt hatte stehen sehen. Aidan öffnete sofort die Beifahrertür und deutete Ben an, einzusteigen. Als dieser saß, reichte er ihm ihre kleine Schwester, dann zog er die Tür wieder zu. Er drehte sich um und ging auf mich zu. Nur wenige Zentimeter vor mir blieb er stehen und sah mich stumm an. Seine Augen waren glasig, sein braunes Haar wehte sanft im lauen Wind.

»Aidan«, begann ich, doch er legte sofort einen Finger auf meine Lippen und schüttelte den Kopf.

»Ist schon gut.« Sein Ton war ruhig und verständnisvoll.

Ich wusste nicht, wie ich darauf reagieren sollte. Es gab so vieles, was ich ihm noch sagen wollte. Stattdessen stand ich einfach da und sah ihn traurig an. Er legte seine gesunde Hand an meine Wange und gab mir einen langen Kuss auf die Stirn. Ich schloss die Lider, sog seinen Duft ein und versuchte jede Sekunde seiner Berührung zu genießen. Doch irgendwann hatte alles ein Ende. Seine Lippen lösten sich von mir, seine Hand glitt langsam von meiner Wange und er tat ein paar

Schritte zurück. Ein zartes Lächeln schenkte er mir noch, dann drehte er sich um, lief um den Wagen herum und setzte sich hinters Steuer.

Ich hörte den Motor aufheulen und wollte noch einmal zu ihm. Ich wollte ihm sagen, was ich empfand, wollte ihn küssen, seine Wärme auf meiner kalten, bleichen Haut spüren, doch als ich einen Schritt nach vorn machte, griff Luca nach meiner Hand und zog mich zurück.

Ich sah ihn wütend an.

»Nein«, antwortete er bestimmt, jedoch keineswegs aggressiv.

Das Auto setzte sich in Bewegung. Ich kniff die Augen zusammen, zwang mich, Aidans Gesicht nicht noch einmal zu sehen. Als ich sie wieder aufschlug und mich zu den dreien umdrehte, sah ich nur noch die Ladefläche, auf der noch immer der leere Benzinkanister lag.

Ich ließ mich auf den Boden sinken, während das Auto in der Ferne immer kleiner wurde und weinte leise Tränen.

Leere

Nachdenklich strich ich mit den Fingerspitzen über das Tattoo auf der Innenseite meines Handgelenks. 666. Was hatte diese Zahl zu bedeuten? ›Du bist wichtig.‹ Was meinte Luca damit? Warum hatten sie mich verschont? Und vor allem, warum ließen sie Aidan und seine Geschwister gehen? Nur meinetwegen? Und was, wenn sie mich belogen hatten, wenn sie sie doch noch umgebracht hatten, nachdem ich wieder in Vampirya war?

Ein Glas schaumiger Latte macchiato schob

sich in mein Blickfeld. Ich hob den Kopf und sah in Maggies blaue Augen.

»Grübelst du schon wieder?«, fragte sie und setzte sich zu mir. Ich sah mich verwundert im Café um. Wir waren die Einzigen. »Es ist nach Mittag. Hab Feierabend gemacht.«

»Ach so«, sagte ich.

»Hey, Kopf hoch, Süße!« Sie strich mir mit einem Finger über die Wange. »Wie heißt es so schön? Man sieht sich immer zweimal im Leben.«

»Es sei denn, Lucas Vater hat ihn schon umbringen lassen«, antwortete ich missmutig.

Maggie schüttelte den Kopf. »Das glaube ich nicht.«

»Du bist immer so positiv«, murmelte ich.

»Und du so negativ. Horch doch mal in dich hinein. Du liebst ihn. Wäre er tot, ich bin mir sicher, du wüsstest davon.«

Ihre Worte beruhigten mich etwas. »Danke, Maggie.«

»Ist doch selbstverständlich.«

Nachdem ich Maggies Café verlassen hatte, entschloss ich mich spontan dazu, noch nicht zurück in die Bäckerei zu fahren. Auf meinem Weg durch den Bahnhof wanderte mein Blick in Richtung der Deckenlichter. Sie waren inzwischen ausgetauscht worden. Doch auch, wenn alle anderen die neuen Lampen als Bereicherung und Fortschritt betrachteten, für mich waren sie noch immer künstlich und falsch. Denn ich hatte es gesehen – und gespürt. Das natürliche Strahlen der Sonne. Und selbst, wenn es mir wehgetan hatte, niemals würde ich vergessen, wie es aussah. Und auch den wundervollen Regen behielt ich in Erinnerung. Schließlich war das alles, was mir von der kurzen Zeit mit Aidan geblieben war. Sie war Geschenk und Strafe zugleich. Die Liebe hatte ich vor ihm nicht gekannt und nun, da er fort war, fühlte ich zum ersten Mal auch die Gefühle, mit denen sie einen zurückließ.

Sehnsucht und Schmerz.

Ich blieb vor dem Geschäft stehen, das mich

zuvor in Aidans Welt gebracht hatte – oder dem, was davon noch übrig war. Die Abrissarbeiten waren in vollem Gange. Mehrere Arbeiter rannten aufgeregt hin und her. Der eine oder andere warf mir kurz einen Blick zu, ehe er mit seiner Arbeit fortfuhr. Die hellen Augen und die fahle Haut verrieten sie. Es wunderte mich, dass sie für solch ›niedere‹ Arbeiten keine Menschen nach Vampirya holten.

Eigentlich hatte ich mir geschworen, nicht hierher zu kommen. Ich wollte nicht zusehen, wie sie mir die letzte Möglichkeit nahmen, Aidan je wieder zu sehen. Nun war ich doch hier. Und ich bereute es, als Luca um die Ecke kam und auf mich zulief.

»Rain«, begrüßte er mich freudig und war im Begriff mich zu umarmen, doch ich machte einen Schritt zurück. Er ließ die Arme mit einem geknickten Gesichtsausdruck sinken. Mein Blick fiel auf einige Papiere, die er in seiner rechten Hand hielt.

»Das hier war einer der letzten U-Bahn-Tunnel der Menschen. Wir hatten den Abriss schon vor Jahren geplant, aber irgendwie hat da jemand schlampig gearbeitet und es wurde vergessen.«

›Schlampig‹ also. Ich dankte diesem Jemand stumm für sein offensichtliches Fehlverhalten und drehte mich wortlos um, kaum dass Luca seinen Satz beendet hatte. Die Hände in die Jackentaschen vergraben ging ich weiter.

Er folgte mir. »Rain!«

»Ich will das alles gar nicht wissen«, grummelte ich.

»Du hast so fragend ausgesehen, da dachte ich-« Als ich abrupt stehen blieb und mich zu ihm umdrehte, brach er ab.

»Du hast mich sonst auch immer im Ungewissen gelassen und plötzlich erklärst du mir etwas? Was sind das für Zahlen auf meinem Handgelenk? Was weißt du über meine Vergangenheit? Warum bin ich ›wichtig‹?«

Er sah mich stumm an.

»Luca!« Sein Schweigen machte mich wahnsinnig.

»Ich kann dir keine Antworten geben. Tut mir leid, Rain.«

»Natürlich nicht.« Ich schüttelte den Kopf und ging weiter.

»Bitte Rain, du musst einfach weitermachen.«

Was er sagte, bedeutete mir nichts mehr. Wie auch die meisten anderen Dinge in meinem Leben ihre Bedeutung verloren hatten. Mein Leben war nun so trostlos wie der Fußboden des Bahnhofs.

Doch tief in mir war ich nicht bereit, es dabei zu belassen ...

Wenn dir »Vampirya« gefallen hat, kannst du mir helfen, indem du eine Rezension auf Amazon.de zum Buch verfasst und natürlich in dem du es weiterempfiehlst. Vielen Dank. ♥

Nachwort

Lieber Leser,

ich wünschte, ich könnte hier jeden namentlich benennen, der mir auf meinem Weg zu »Vampirya« geholfen hat. Leider würde das die Seiten sprengen. Aber ich hoffe, du fühlst dich angesprochen, wenn ich dir meinen tiefsten Dank ausspreche. Ganz gleich, ob du zu meinen engsten Freunden zählst, zu meiner Familie gehörst, meine Fangeschichten im Netz gelesen hast oder »Vampirya« der erste Roman ist, den du von mir in der Hand hältst. Jeder von euch hat seinen Teil dazu beigetragen, dass ich mir den Traum vom Bücherschreiben erfüllen kann.

Vielleicht ahnst oder hoffst du es auch schon: »Vampirya« ist kein Einzelband. Die Geschichte von Rain und Aidan wird weitergehen. Wenn du wissen möchtest, wann die Fortsetzung erscheint, kannst du dich auf meiner Homepage **www.chaela.de** informieren. Dort hast du auch die Möglichkeit, dich in meinen kostenlosen Newsletter einzutragen. Oder du folgst mir auf Facebook oder Instagram. Die Links dazu findest du ebenfalls auf meiner Homepage.

Deine chaela.